Coração Marginal

Cida Sepulveda

Coração Marginal

BERTRAND BRASIL

Copyright © 2007, Cida Sepulveda

Capa: Simone Villas-Boas

2007
Impresso no Brasil
Printed in Brazil

CIP-Brasil. Catalogação na fonte
Sindicato Nacional dos Editores de Livros, RJ

S484c   Sepulveda, Cida, 1958-
         Coração marginal/Cida Sepulveda. – Rio de Janeiro: Bertrand
         Brasil, 2007.
         156p.

         ISBN 978-85-286-1277-6

         1. Conto brasileiro. I. Título.

07-2787
                                                CDD – 869.93
                                               CDU – 821.134.3 (81)-3

Todos os direitos reservados pela:
EDITORA BERTRAND BRASIL LTDA.
Rua Argentina, 171 — 1º andar — São Cristóvão
20921-380 — Rio de Janeiro — RJ
Tel.: (0xx21) 2585-2070 — Fax: (0xx21) 2585-2087

Não é permitida a reprodução total ou parcial desta obra, por quaisquer meios, sem a prévia autorização por escrito da Editora.

Atendemos pelo Reembolso Postal.

Para

Manoel de Barros, poeta amigo
Raíza Sepulveda, menina do sonho

Aos amigos que me recriam na solidariedade

Sumário

Quatro olhos • 9
Todas as laranjas • 11
Breve sesta • 13
Jasmim • 15
A viagem • 19
Filho póstumo • 21
Sorriso mármore • 25
Droga de vida desgraçada • 27
Julho • 29
Invasão • 31
Chuviscos de maio • 33
Manhã de terça • 35
Romance • 37
Liza • 39
Urubus • 41
A escada • 43
Oriente • 45
Noturno de Alberto • 47
O coração • 49
Cecília • 51
A lavadeira • 55
Os fósforos • 57
A mãe • 59
O menino • 63
Solidão • 65

Boca suja • 67
A lésbica • 71
O homem da maleta executiva • 73
A verdade • 75
O revolucionário • 79
Dezembro • 81
55 • 83
O andante • 87
A puta • 89
A transa • 91
A foto • 93
Vamos brincar, Alice? • 95
Vênus • 97
A caminho do Sul • 99
O suicida • 101
Sangue branco • 103
Umbigo • 105
Tempo dividido • 109
Schumann • 111
Ditinho & Schumann • 113
Vicinais • 115
Oásis • 119
O calvário • 123
Janaína • 127
Agatha Christie • 129
A casa de Verônica • 133
As palavras • 135
Fêmeas • 139
A vaca e o pai • 141
Engarrafamento • 143
Recriação • 145
Coração marginal • 149
A cidade • 151

Quatro olhos

Mais cedo levantam-se as cortinas. A claridade resvala a pele. É uma branca manhã. Ouço tremores. Cecília brinca nos quintais. A velha menina que você comeu a fartar e depois...

Pego uma revista e saio. Pareço geléia dentro. Por fora, o marchar diário de sandálias gastas. O estômago enjoa, a cabeça se enrosca na imaginação. A cidade amanheceu deserta.

Subo a ladeira por calçadas estreitas e sujas. Uma, duas, outras ruas. E o céu desbotado antes de morrer nas copas de árvores da praça, onde enormes troncos cravados nos ladrilhos se acomodam ao fim das paisagens.

O banco de verde descascado me chama: *Ei, menina, senta!* Me atiro sem limites, pernas abertas, igual moleque. A mãe grita: *Fecha os cambitos, capeta!* Mas antes que o grito me apague, o homem me penetra traidor e seu gozo lambuza esperanças.

O coito é rápido. Os silêncios sobrevêm. Abro a revista no artigo "A espera inquieta". *A civilização consiste em superar sem parar nossa barbárie interior: é um combate sem fim.* A pintura de Francis Bacon ilustra a página. Destituída de imponência, encerrada numa reprodução banal, reduzida a argumento. Como meu corpo em seus braços.

Cecília me espia com seus quatro olhos. *Coisa feia!* A mãe grita. Cecília se sobressalta, empalidece, cora. *Esconda-se, Cecília!* A voz me sai avessa.

Todas as laranjas

Teresa chupou todas as laranjas do pé. As verdes doeram mais. A tarde avançava ilimitada pelas redondezas. O laranjal se estendia até à nascente, beirando o rio. A mina, incrustada na rocha, vazava um olho, o outro se continha para novas gerações. O rio ia pesado de sujeira e tédio. A água límpida da nascente provocava certo constrangimento.

Deitou-se ao lado da correnteza para sentir-se indo sem sair do chão. O som das águas, das pedras, dos insetos, da pele triscando em folhas secas zunia com insistência arcaica. Girou a cabeça para os lados com força, sentiu a musculatura do pescoço travar-se. Nos pés subiam formigas. Enrijeceu o corpo para não ser percebida — como estátua, o mundo lhe daria outras acepções.

A barriga estufada formava cadeia de morros onde as formigas encontrariam desde abrigos até deslizamentos fatais. Da boca escorriam líquidos e jorravam bagaços ainda frescos. Sentiu molhar as orelhas e arder as faces, mas não se mexeu. O sol não se dissipava, embora as horas completassem ciclos vitais.

Teresa teve o primeiro arranhão à meia-noite, em total consciência. Ele chegou a pé, tirou o canivete da cinta e cortou-lhe os cabelos úmidos. Ela parou de respirar. Seus olhos se encontraram com os dele. Teve medo, mas o encarou. Ele a devorou por dentro e por fora.

No local do crime, o povo enfiou uma cruz rústica onde gravaram o nome e idade da vítima. O rio inundado pela tempestade lavou o sangue e o cheiro da laranja. O silêncio desbastou mágoas remanescentes. O assassino saiu ileso. Se meteu nos laranjais que refloriam iludidos. Construiu um casebre de papelão e arame nos cafundós, recanto onde o rio se contrai e vira fio de lama, e os matagais encobrem pecados.

Breve sesta

*N*uma tarde de março ela acordou de breve sesta, foi à janela, viu o pedreiro com a braguilha aberta e o corpo rente à parede. Ele dava corcovas e urros. Ela virou as costas à cena. Outros pedreiros trabalhavam absortos. Escondeu-se atrás da cortina e voltou a espiar. O pedreiro já se preparava para assentar tijolos, tinha o corpo relaxado e o rosto pálido, ele sofria asma, além de anemia por falta de feijão na marmita.
 O pedreiro pegou a colher, a massa, a pilha de tijolos, e trabalhou. De meia em meia hora, sem mudar de posição, interrompia o movimento e pensava. Seus pensamentos foram gravados na parede que, depois de rebocada e pintada, não deixou resquício de esperma e pensar.
 Ela observou até começar a escurecer, quando o pedreiro se tornou apenas um bocado de noite. Então, acendeu as luzes da varanda, trancou as portas e se enterrou na cama. Uma música suave a entristeceu.
 O pedreiro, depois da parada no boteco, tomou mais um lotação. Sentou-se no banco duro, fedia. O lotação encheu até a boca e derramou.

Jasmim

O mundo grita na boca de Alessandra. Ela acorda cedo, banho, café, pão francês, margarina. Suspira — a cruz que carrega não vê, mas pesa. Calça justa, salto alto, cabelo azul, rebola suave. Passa calçada, gente, não sente.

Jasmim no berço boceja.

O bebê nasceu de cesariana. Aproveitou para lacrar. Uma já é demais. Amamentar bobagem. O leite secou. De raiva. O pai ignorou a criança. Jasmim, miúdo começo, preço de fábrica. A vizinhança comemora. Costumes. Ditos por não ditos, o momento é sagrado. A menina cresce batatinha, maisena e fubá. Chá de erva-doce, leite em pó.

Jasmim fica na cama até o sol esquentar.

Rua de terra, buracos, pedras, telhas, lixo, mato, vadiagem. Jasmim vai e vem o dia inteiro. Sentada na pedra grande em frente ao barraco no fim da rua, gosta de ver nuvens no pasto e éguas no céu, misturar é divertido, arranca mato do chão, cola pétala na unha com cuspe, coça o dedão do pé, se é bicho...

Acharam o corpo amarrado às raízes expostas de uma árvore na beira do rio. Muita sombra e umidade. As mãos e os pés decepados. Moscas. Maçarocas de cabelos e sangue.

Jasmim não gritou.

Ele confessou detalhes. Prometeu gibis em troca de um passeio. Ela disse não. Disse muitos nãos. Mas depois sim, aceitou o dinheiro que ele mostrou na carteira, notas de 10, 50, diversas — metade dela.

Saíram à toa, ele só queria companhia. Perguntou o nome dela, do pai, não sabia, da mãe, Alessandra, da avó, Gilda, do avô, das galinhas, dos cachorros, passarinhos, da vizinha, das bonecas.

Ela se animou. Deu de falar, respondia antes da pergunta. O caminho era longo, não iam a lugar algum. Apareceu uma cobra no desvio. Jasmim agarrou a mão dele. Ele sentiu ferver a alma. Um abatimento o tomou. Apertou a mão dela entre as suas, acariciou os cabelinhos. Ela o olhou, confiante.

Seguiram até a mangueira frondosa, longe das almas, dos bois, do céu. Ali se deitaram, companheiros de viagem. Ele continuou as carícias, mais fortes, mais dentro, mais nela. Ela ria e se debatia.

De repente, se desvencilhou dele, saiu em disparada. Ele enraiveceu. Correu atrás. Alcançou-a. Derrubou-a. Prendeu-a nos braços duros. Levou-a de volta à mangueira. Ela pediu para ir para casa. Ele prometeu, se o beijasse.

Jasmim beijou.

Fingiu que retornava, mas a levou para a casa abandonada na estrada velha. Lá fez o que o diabo mandou. Depois colocou o corpo num saco de estopa e o arrastou para a beira do rio.

Visitou o cadáver durante uma semana. Quando começou a feder, enterrou.

Chegou em casa de noite. A polícia o esperava.
Onde está o corpo da menina?
Não vacilou. Foi saindo manso...
O rio Samambaia cheira a esgoto. Seguiam pelas margens. Não custou a chegar. Junto ao tronco, perto da mina d'água, estava Jasmim. Apontou o cadáver e disse: *Taí a picanha!*

A viagem

De porre. Sem poesia. Maço de cigarro no bolso. Andar por aí. O cenário enfumaçado. Pasma. Goza. Mil gozos numa só jornada. Contou, um a um. Chegou no mil, comemorou. A noite estanque. Carros colorindo avenidas. Intensa urbanidade. Manco. Torceu o pé no futebol. Nem joga. Corre atrás da bola. Ela escapa por despeito. Fica na língua o sabor dela. Acabou sem adeus. Queijo e vinho na cama. Nus. Saciados. Cada um para si. Deus por ninguém. Ela vestia saia e camiseta. Sandália. Batom transparente. Perfume.

Sinal verde-vermelho-verde-vermelho. Não escuta a buzina. Atropela o tempo. Sem sangue. O povo formiga de espanto. Ninguém pára. Não há estações na cidade. A viagem é incessante, e o mar, inimigo.

Filho póstumo

Não eram abóboras gigantes, mas teus olhos narigudos a me fulminarem pelos arabescos da mortalha. Senti a compressão da noite sobre a barriga inchada de vento e tempo (eu comia tempo antes), a seda negra do vestido deslizar bruxuleante em tuas narinas bem próximas do umbigo... Meu esqueleto se esticava norte a sul, na ganância última de gerar o filho póstumo.

A viela resistia, cercada por prédios e casas, ligava a favela ao mundo, e as nossas intemperanças ao acaso. Permiti tuas obscenidades num lirismo de raízes, no intuito de procriar o bicho mais melancólico a que a natureza ainda não se dera ao luxo.

Flores abandonadas sobre muros entristeciam silêncios. Teu corpo obcecado pelo único objeto: o gozo. A paisagem e a tua voracidade não passavam de rudimentos da estranheza divina. Tuas extremidades se entregavam ao negror de vestes corrompidas.

A viela intumescia. Unhas rasgavam sombras, arpões do corpo malogrado. Senti tua língua escorregar, coadjuvante no céu carnal que se abria entre coxas arrepiadas. Veredas se estrangulavam dentro d'alma, orgias de mulheres que vivi. Teu corpo se redimia de mitos e inocências para profanar destinos heróicos ainda não escritos.

Apitos de trem ao longe, onde a vista se desintegrava para enxergar a imaginação, traçavam recortes no infinito. Um choro de criança desviou sentidos. Virei a cabeça para leste; a menina, esculpida em solidão, me sorriu. Tua respiração preenchia universos, loquacidade de homem sem arcanjos.

Joguei sobre ela o xale tecido nos bicos dos pássaros, com gramíneas e histórias esquecidas de infâncias açucaradas. Teu rosto, alucinação de homem desabitado, fremia na clausura das brutalidades. Ela se embrulhou dócil, desenvolta, sem me olhar, caminhou lenta para a favela, onde a madrugada era mais sorrateira e vertiginosa.

Teus dentes carcomidos desferiam sentimentos confusos na pele que preservei, até o instante fatal, intacta, para a concepção que romperia tempos e proibições. Cheiro de damas-da-noite pervertia romantismos. Aspirei fundo as desilusões que te compunham. A viela se comprazia com o horror e a vaidade de ser palco de ousadia divina. O vulto da menina se distanciava, ia perdendo a nitidez, oscilava entre a névoa e a silhueta. Estiquei o braço para tocar a imagem que se oferecia. Senti as asperezas do muro.

Teu corpo forçava entradas por portas que eu não desejava abertas — corcovas de animal indolente fustigavam o sonho de gerações. Meus seios se abriram, anêmonas púrpuras em tua boca despedaçada. A menina enfiou-se nas trevas, passos resolutos e intimidados.

Mordidas e urros despertaram casebres e mansões. Holofotes se acenderam nas ruas, luzes nas janelas, sirenes de polícia e ambulâncias se ouviram próximo à viela onde só baratas e ratazanas corriam livres. Teus desejos afloravam o mundo ao redor. Virei o rosto a oeste, tua boca me seguiu, ramificando-se em línguas instintivas.

Inocentes e culpados se amontoavam em paisagens medievais. Dentro de mim soaram trombetas anunciando secas e friagens para séculos anteriores e posteriores — o tempo se desiludia da cronologia e deitava sobre desertos. Tua boca exagerava beijos e mordidas.

O sangue branco da noite começou a irromper da pele rasgada, esparramar-se pela argamassa antiga, formando poças e desenhos incompletos que arrepiavam sombras e ninfetas. As sedas escorregavam silenciosas sem tocarem nas promessas e desafetos que nos amarravam.

A nudez usurpava morais, meu corpo se manchava de tuas cores, a pulsação do amor atingia limites intoleráveis, cabelos expandiam-se em pássaros e fogueiras. Um gemido se distendeu pelo planalto — aviso de coitos eternos. Tua explosão me corrompeu. Por segundos, a frieza cedeu ao desejo, e a morta concebeu.

Sorriso mármore

Se fosse fácil... Não era. Acordou igual, fez as necessidades, vestiu-se luxo e cotidiano, entrou no carro e partiu.

No banco do passageiro, pilha de livros para ser devorada antes de morrer. Na cabeça, a imaginação decrépita, incapaz de mudar vírgulas da rotina mais-que-perfeita.

Chegou no prédio chique, estacionou, ligou o alarme, cumprimentou o porteiro. Carregava a maleta de couro puro, mas envelhecida, o que a tornava mais pele. A maleta tinha certa feminilidade, um calor que o alegrava. O excesso de polidez da secretária pareceu ódio represado:

Por favor, vamos entrar?

Levantou-se, olhou atrás de si e viu a própria sombra decalcada na parede. Estava quase cego. O médico prometera curar. A mulher e as filhas o enganavam — o amor engana, não delata, o amor acaricia o assassino e perdoa. Não era fácil... Mas era feliz.

Sentou-se na poltrona macia. A barriga sobressaía. Crescia sem timidez — doces, bebidas, pizzas, biscoitos, pães, remédios, dívidas, alegrias, ia tudo nela — gravidez desejada.

O terapeuta brincou — *para quando é o parto?* Apalpou-se, sorriu aberto, franco. Os reflexos do sorriso espalharam-se pelo corpo. Arrepiou, o sorriso se imobilizou:

Sorriso mármore!

O terapeuta novamente brincou:

A*corda, cara, vamos começar o papo. Chega de sorriso por hoje.*

Mas não houve reação.

O sol aturdia a paisagem, a nona de Beethoven escapava do andar inferior, subia aos ares, irradiava dramas que o barulho e a velocidade dos carros consumiam sem qualquer nostalgia.

Droga de vida
Desgraçada

Barão de Itapura com Baronesa Geraldo de Resende. *Por que lugares definidos? Não seria melhor sem identificação?*

O barulho da cidade nos confunde, dou respostas breves, ele ouve brevidades outras. Semáforos, velocidades, luminosos, livraria aberta até às 22, vontade de entrar e comprar pacotes de livros.

Por que tão resumido, não seria melhor, longo, denso, para saturar os olhos que remansam sobre páginas malsinadas?

Beto, caro Beto! A Barão de Itapura tem, conforme o trecho, até quatro pistas que vão da rodoviária ao Taquaral.

A Baronesa Geraldo de Resende liga a Orozimbo à Barão de Itapura, se bifurca em certo trecho, abrindo caminhos para bolsões de ruas sem saída, ou de saídas complexas. Nelas me perco e me acho sem afrontas.

Não seria mais elegante: no cruzamento de uma rua com uma avenida na capital? Capital é imensidade...

A lua e o vento íntimos demais para uma mulher objetiva, disfarço a nostalgia, uma freada histérica me devolve à avenida estremecida.

Obviedades não necessitam longitudes, tento persuadi-lo das vantagens do estilo. Ele se mantém morno, aquoso, inofensivo. Descemos a Baronesa sentido Orozimbo. Um muro alto e hostil se estende rua abaixo desfazendo paisagens. Das palavras nele inscritas verte a narração que se recria:

Droga de Vida
  Desgraçada

Julho

Ana anda pela casa à procura de suas chinelas. Chinelas verdinhas que comprou na barraca da festa. Julho gelava pés e mãos, mas a fumaça do quentão e o cheiro do churrasco abriam passagens secretas no peito fechado em roupas e noite.

Muitos anos se passaram. Passam. Passarão. Os tempos são simultâneos. Sorri curto — exaspero e fuga num movimento quase abstrato — porque o sorriso, o exaspero, a fuga se chocam. Porque é sempre o mesmo piso, brilhando e refletindo os pés, sombras de chinelas verdinhas desaparecidas.

Veste a camisola desbotada, mais larga que as faltas cometidas, que as faltas indesejadas, que as faltas inexistentes. A noite clara é torpor diurno. De um cômodo a outro, apaga e acende lâmpadas, mesclando-se no escuro-claro das barricadas — porque as horas matam e a monotonia corrói.

Sai da sala, entra na cozinha, abre armários, panelas, torneiras, desdobra panos... O tempo, na cozinha, cheira. Lembra-se do arroz mole, no fogão de lenha, julho tremia nas chamas que cortavam a pele — afagos vermelho-alaranjados. Depois, caía sôfrega nos lençóis de saco.

Retorna para o corredor estreito, escuro, trêmulo. É a casa da irmã. A mais velha. A única. Apalpa paredes procurando interruptores... Talvez o tempo se acabe nesse gesto. Ou, simplesmente, se avolume em sua face indistinta — porque Ana perdeu a noção das cores no dia em que as chinelas se apagaram.

No final do corredor, azulejos brancos e amarelos desmentem Van Gogh. O homem lava copos e pratos, entretido. O corredor se distende impedindo aproximações. Ele termina a louça. Há muitos anos que foi enterrado, o filho soluçava alto, a esposa não derrubou uma gota. Os dois figuram na insensatez dos desolados, num canto opaco de Ana.

Assombrações começaram a aparecer depois que as chinelas sumiram. Ana suspeita de vingança. Desvia-se do homem, cuidadosa. Na última vez em que se falaram ele a agarrou pela cintura, apertou. Ana correu o sofá. O homem insistiu — desejava apenas acariciá-la de um jeito que ela nem sonhava...

À procura de suas chinelas verdinhas.

Julho desemboca em vãos.

Invasão

À s vezes, sentada na poltrona da sala de visitas, solitária, a mulher é uma formiguinha, traseiro redondo, olhos enterrados na carne mole e fixos no ar de outono. Ela vê as cores da estação, ainda que, na sala, prevaleçam penumbras.

Anselmo se esconde na capital, acasalado. Ninguém da família sabe. Ninguém do bairro. Os vizinhos próximos sempre perguntam: Anselmo tem namorada? Anselmo não pretende se casar? Ela dá um gemido que não se escuta.

Eu escuto: seu silêncio é um berro.

Depois de alguns segundos responde resignada: Anselmo ainda não encontrou a mulher dos sonhos. Os vizinhos desejam que ela esprema a ferida, querem o pus e o sangue escorrendo no asfalto.

Anselmo dizia que o problema dele era o pai, o ausente, o calado, o egoísta. Passou dois anos na terapia. Um dia ela disse: senta aí que vou te dizer quem é seu pai! O menino arregalou os olhos, ela nunca falava do velho, viviam os dois enfurnados no quarto de casal vendo TV.

Afundado na poltrona de couro, ouviu: seu pai é ausente porque põe dinheiro em casa e dá tudo que você precisa.

Agradeça o pai que tem e não amole, pois sem ele a nossa vida seria um caos. Ele nunca mais voltou à terapia. Fez as malas e partiu. Da capital, escreveu. A carta chegou numa manhã de sábado. O carteiro buzinou três vezes, apertou a campainha descontroladamente. A culpa não é dele, é minha, gosto de homem, mãe, de homem!

Às vezes, sentada na poltrona da sala de visitas, Teresa odeia a vida, tem vontade de morrer, remédio não quer, prefere conviver com a dor, com uma tristeza que a cada dia fica mais aguda — é a inevitabilidade do tempo, eu digo, olhando-a de raspão. Tenho medo de encarar sua profundidade, talvez ela me acuse de invasão.

Chuviscos de maio

A mesa está posta, mas não virá ninguém. O tempo é ruína agora quando nem o crepúsculo inventa tristezas. Ouço gemidos. Meus velhos gemidos. As plantas, regadas pela empregada, verdejam sem abusos. Me resguardo na mudez que me emprestas — único artifício de morrer.

Teresa, há meses, olha retratos e chora. Penso em arrancar de suas mãos, de seus olhos, a história que nos enverga. Mas o chuvisco de maio me resfria, fujo das reentrâncias da percepção, subo escadas em desatino pálido. Só então ela me nota, me chama — José, José!

José! José! Repito. Me esforço por me reconhecer enquanto o chuvisco escorrega da noite impermeável e se acaba em pensamento. Tudo é pensamento. Nada é pensamento. Me rasgo com línguas intuídas. Teu sobretudo, pendurado no encosto da cadeira, diverge.

Subo eternamente escadas de ti, pés alucinados — José! José! Agarro duro no corrimão, os morros de Santa Cruz pesam nos ombros. Quem me chama, e por quê? Não há novidades nas vozes, mas certo rancor amarelado de inverdades.

José! José!

Manhã de terça

De manhã, vocês saíram para o trabalho, fiquei dormindo. Acordei com medo. Me levantei, tranquei as duas portas que dão para o quintal, fechei a vidraça da frente. Uma mulher entrou. Veio até a janela. Cabelos curtos, pálida, bateu no vidro. Contrariando as minhas próprias recomendações, abri-o rapidamente. Ela me perguntou: vocês que procuram gatinhos para adotar?

Respondi que não. Ela disse que ouvira falar de nós desesperados por um gato. Expliquei que desistíramos da idéia. Fez cara de incompreensão e censura. Encostou o rosto nas grades. Dei passos para trás. Se percebeu meu medo, não demonstrou. Ou se o fez, não entendi. Um não sei quê de horror e suspense nos ligava.

Diante de minha negativa desconcertante, ela foi encurtando a conversa até calar-se. No entanto, não se movia. Aproveitei sua vulnerabilidade e a avisei do cachorro feroz preso no fundo do quintal que pulava o portão para atacar invasores.

Me garantiu que ele não seria capaz de escapar, o que era verdade. Recuou, porém, como se algo a chamasse. Então me disse que estava se mudando do bairro, para bem longe. Não entendi a informação, pois nem me lembrava dela como vizinha, embora seu rosto me fosse familiar.

Despediu-se com certa melancolia, sentimento de perda e, ao mesmo tempo, com sinais de rancor. Neste caso, eu me identificava; em mim, o rancor ia do imperceptível ao contumaz.

Fechei a vidraça novamente, muito assustada. Voltei para a cama, exausta. Pretendia dormir a manhã inteira. A escuridão do quarto induzia a um sono indivisível. Mas o que aconteceu de fato ainda me apavora. As portas que eu deixara trancadas se abriram com uma ventania abrupta.

Na cama eu não conseguia me mover. Me lembrava dos pesadelos da infância, quando eu me dizia: força, você pode, você tem de enfrentá-los, e depois de algumas derrrotas conseguia acordar.

Comecei a me mexer, a tentar romper o pano imaginário que apertava minha boca. Caí da cama. Me recompus, estiquei o braço direito, mão fechada, apontei para a porta do quarto e disse: Fora daqui!

Acordei então. Fui para a sala. A casa estava imóvel como todas as manhãs, depois que vocês saem para trabalhar. Lamentei perder o sono, mas não voltei a dormir, tinha medo de reviver pavores.

É a culpa! Sou culpada por sua infelicidade, por tudo que não deu certo. Não entendo como você ainda se atreve a acreditar em mim. Em nós. Estamos acabados, nunca estivemos começados. A vida não passou de um descuido de intenções, algumas vibrações que ainda nos agitam.

Manhã de terça
Cecília

Romance

Era vento na porta. Mas Teresa ouvia grunhidos de homens e bichos. Anos a fio. Enquanto a barriga crescia e inundava o futuro. Um por ano. Se coubesse mais...

Paulo invernava dias e noites tocando boiada, assobiando...Vento e chuva arrancavam o coração. A boiada levava Paulo. Para o mesmo lugar: Ela era menina. Ele moço. Ela rica. Ele peão. Tempos e ventos se misturam na memória. A pele está seca, desmancha à luz.

Fazenda Santa Clara. Montava a égua cega e ria até ir ao chão, donde brotavam formigas e ervas. Flores de São João. Minhocas. Cavava a terra com as unhas à procura do começo do mundo. A realidade vinha e tapava caminhos — as histórias se perdem no cotidiano.

Ele chegou num burrico cansado. Nas festas piscava pra ela. Bilhetes e bilhetes. Nenhum beijo. Assim ela cresceu. Ele não, quanto mais o tempo ia, mais se detinha no desejo.

As coxas grossas da menina o arrastavam. O amor embebeda. À distância, o amor enfurece. Ele planejou anos a defloração.

E, quando se viu enfiado nela, sentiu que perdia o sonho. Uma angústia calada o tomou.
    E perdura.

Liza

Liza meteu o dedo na garganta. O jato de comida e líquido ensopou a alma, a roupa, o mundo. A empregada limpou. Tinha ar contrafeito. Ninguém gosta da lama alheia. Era uma manhã ensolarada. A TV ligada: notícias e receitas.

Minha vida dá um livro. Disse com sorriso largo. Cara seca e pálida. Ia pelos quarenta. Sabia ler e escrever, mas não aprendera a gelar. Contou, recontou dramas: *Ele foi o único homem da minha vida.* Bateu na madeira — nunca mais ser de alguém! Agora seria apenas dela, se ela, em algum canto obscuro, se achasse.

Uma noite ele chegou, quatro da manhã, bêbado. Reclamei. Me empurrou. Caída, ali mesmo dormiu. Acordou com o chamado assustado da empregada, o nó no estômago a sufocou, meteu o dedo na garganta.

Viver ou morrer. Viver e morrer. Presa ao assoalho, cheia de medo, vômito e paixão. Por nada. Não tinha motivo. O marido era estúpido e infiel. *Você é feia, burra, fria!* Ele tinha razão. Não o condenava. Sentia no fundo de si, num lugar impreciso, o cheiro das insatisfações diárias.

Me internei dois meses. Para quebrar o desencanto. Ouvindo sons e silêncios noturnos. Em desacato ao fel que a carcomia, inesperado e conjugal. Em defesa própria, fechou portas, as mais improváveis.

Fiquei do lado de fora, atenta. Não se ouvia respiração. Procurei janelas, portas, frestas. Liza me ignorou.

Urubus

Cruzam o espaço dois urubus. Ouço vozes claras, pequenas: é a felicidade alheia.

O andante vem frontal, pede água:

O sol derruba a força. A gente anda, anda, o asfalto entra pelo estômago e sai pelos olhos, fervente. Deus pague, senhora, até logo.

O moleque apita apitos coloridos. Vende picolé, a caixa de isopor nas costas, vai ficando arcado, mas ganha uns trocados — a vida é enrosco que vender picolé disfarça.

O motoqueiro buzina — entregas de remédio, correspondência. Depois sai voando, ultrapassa pela direita, se vira do avesso e aparece no jornal.

A gente vai criando um abismo entre o mundo e o submundo, remôo.

Os urubus se acomodam num vôo redondo. Minhas costas doem de ver o céu e a terra imutáveis. O pedinte arrasta o tempo nas roupas. A sujeira o identifica, os dentes podres causam asco. Desce a rua. No cruzamento com a estrada, vê a bela correr e ser atropelada pelo instante. Dentro de si muge um touro absurdo, deseja agarrá-la e devorá-la.

Aparecem moleques do condomínio próximo, atiram paus e pedras. Da ânsia de devorar a moça, passa à vontade de protegê-la dos infelizes. Mas ela não necessita nem disto nem daquilo e faz seu caminho mais rápido do que de costume.

O andante segue para a direita. Enfia-se na mata rasa, à procura de sombra. Deita-se. Espera o dia passar num longo sono que traz a noite e a dúvida: qual o destino?

A escada

Difícil de subir... A escada não tem fim, minhas pernas se acabam antes. Se eu passar a ponte, os degraus, onde foram?... Estrelas somem na alegria de luzes. Para chegar lá... Eu, Sérgio Abreu, munido de documentos, o diabo solicita, mostro, me olha com desconfiança:

O senhor vai pra onde?

Subir a escada é demais para mim, o resto fica adiado, e o senhor quem é?

Guarda!

Anjo da guarda me protege, mas cadê as asas?

No bolso — a mãe colocou o dinheiro da condução, o lenço de papel, o bilhete — ela tem mania. Não pode ler!, ela disse, é segredo! Disse que ninguém, ninguém entende! Quando terminar a escada, disse, você vai encontrar um homem e uma mulher, eles vão sorrir, então, você tira o bilhete do bolso e lê.

Mãe, tenho medo, se eu esquecer do bilhete, de ler, de saber ler? A escada, mãe, ela nunca me deixou passar, os degraus, mãe, quanto mais subo... Eu, Sérgio, 30 anos, branco, cabelos castanhos, filho de Nicéia e Aldo Abreu.

Sala de espera é um sufoco: o relógio não anda, a secretária não tem pressa. A moça com a revista no colo, cabeça baixa, esconde o rosto, se eu falar???... *Duro esperar!* É sempre assim, todo lugar que a gente vai. Pior é a escada... seguro firme no corrimão, minha mãe diz, não se deixe vencer.

Não fecho olhos dia e noite. Eles vêm e vão, os degraus pensam que me pegam, que vou desistir... Confesso que às vezes dá vontade de largar tudo, ir para outro país, outro planeta, outra galáxia, ou para debaixo da terra, mas vem a mãe, me pega no colo e diz:

Sérgio, Sérgio, quem não sofre?

O guarda quer ler, tenho de prestar muita atenção para não ser ludibriado... Chego a sacar o bilhete do bolso, do bolso mais fundo d'alma, eu sou muito emocional, quando levanto a cabeça e o miro, vejo seus dentes caindo...

Caem em fila, acorrentados, seu sorriso na vertical, começa na boca, termina no asfalto, estica até o gramado, atravessa a avenida, desce a rampa, entra no córrego, e eu, Sérgio Abreu, abismo.

Cismo de correr, cobrir a cara, mas ele dá gargalhadas, ensaia me agarrar, a voz me sai aos trancos, o que eu digo, mãe, se me perguntarem de onde vim?

Oriente

Luciana acorda de madrugada, se arrasta até a sala, o marido não veio. Não dormem juntos há anos — não se tocam, mas se mantêm.

Pára na janela, corpo pesa, São Paulo fosca sufoca. Há sempre um mundo a suportar: cansaço, preocupações, filhos — ramificações que ela necessita libertar, mas antes, alimentar.

Queria viver numa província, onde o verde e o silêncio se enjoam, em que o eterno é tocável, onde a latência da vida se fixa. São Paulo é o epicentro da realidade que espanta e desespera. Desespero de palavras surdas entre si. Não fossem as conversas, ela e Ricardo ainda poderiam se encontrar, pois o corpo não carrega tanta ignomínia.

Pensamentos tendem à morbidez — bastaria colocar a cabeça para fora, deixá-la cair, suave e indiferente. Com o passar das horas ela puxaria para si todo o peso do mundo aprisionado.

Fastio nubla os olhos. Senta no sofá exaurida. Os pés incham, aperta-os de encontro à poltrona, sente a pele arder, avermelhar, Ricardo acha que ela se despreza porque jamais compra roupas por vaidade, apenas por necessidade.

Os gostos são dispensáveis, a nudez não se agüenta.

A chave gira na porta. Contém a respiração, calafrio desce e sobe pelas paredes. As paredes são as estruturas mais sólidas que pode desejar. Levanta-se e as penetra, antes que Ricardo adentre.

A sala vazia não é um convite para repouso. Ricardo tem pressentimentos e fome. Atira-se no sofá, liga a TV, a noite é uma borrasca. Fixa os olhos na tela que brilha e fala sem cessar — é seu oriente.

Noturno de Alberto

A estrada bate no peito. O carro corta mundo. Alberto toma vinho — goles de pai e mãe. Vivos e mortos sentam-se à mesa. A viagem foi dura.

Rosas se abrem delicadas nos jardins. Vivaldi entra pelos poros. Um galho de primavera passa o muro e despenca do lado da rua, decorativo. Veste o pijama, chinelos felpudos. A mãe o tem. Cuida para que ele não se exceda, não se deixe vencer pela carne da solidão.

No bate-papo, a coroa invisível o excita — gratuidade do amor. Não se culpa. O mundo são verdades que se ocultam em gozos solitários.

Nas mãos, o esperma libertado sem a presença de Virgínia. Ela jamais entenderá que não a necessita. Entra na ducha. A espuma amacia a alma.

Virgínia, sentada no terraço do apartamento, ri. Alberto pensa que ela está disponível sempre que ele desejar. Mas ela é uma ferida. Quando dentro dele, fome que germina outra. Nenhum homem a completa.

A noite se embrenha nos jardins. Mistura-se ao verde calado das copas. Pinheiros imóveis esperam a brisa. Alberto ronca entre travesseiros perfumados.

Virgínia põe o cachecol rosa-choque. Batom e olhos cintilantes. A vida dá cócegas — basta atravessar a avenida, cortar a praça das Andorinhas, pegar a Barão de Jaguara, descer aos infernos dos bares ou apenas apagar o cigarro e morrer, em botão, ali mesmo, no elevador.

O coração

Passa a vida indo e vindo — reuniões, encontros, palestras, negócios... mãe, filhos, esposa, mulheres, complexidades temporais. Terno e gravata, celular, laptop, carro do ano, a vida é passagem, matérias e palavras que a terra come. Corre para não perder a hora, o tempo ser. Angústias e alegrias são apenas sensações, não pode ceder aos impulsos.

Cara a cara com Ana, avisa, não quer comprometimentos. A solidão é dele, acostumou-se. Não se analisa. Melhor rolar, vida é passatempo. A moça chora. Ele se desespera: não é isto, nem aquilo, só um bocado de incertezas. O mar não cessa nunca. Não há tempo para decifrar-se.

Abraços e beijos aliviam. Corpos colados suam na cama do hotel. Mas a hora voa. Ela se veste apressada, miúda. Ele toma ducha, ensaboa o sexo para não deixar sinal. Enxágua corpo e alma, mais corpo, mais sabão... A alma divorciada espreita o espelho onde ele aparece molhado, carne. Adeus rápido, beijos cordiais, gentilezas — amenidades diárias.

Não se olham quando se afastam. Viver é eventual. Ana foge, corre. A brisa a transforma em menina, a garota das ruas vazias, dos silêncios mágicos. Alberto consulta a agenda. Não brinca, o tempo é precioso. Entra no carro e dirige, tem objetivos, propostas, análises, planilhas, verdades e mentiras entulhadas na psique. E um coração que o permeia, teimoso.

Cecília

As lombrigas — couve-flor no buraco da privada. O sol não entra. Não pensa. Dedo na boca. Morde de anseio. Vestido de chita e pé no barro. Ferida na coxa. A mãe canta na cozinha... Magra de fome, bonita, dá pena. A mãe deu remédio, a barriga sumiu. Não se lembra mais, só a couve-flor não passa na garganta.

Crista-de-galo nasceu perto do portão. A mãe não gosta. É de um vermelho que não é. Dói de olhar. Dá vontade de perguntar. De saber o segredo do encanto. Sobe na goiabeira, escorrega e vai caindo, estrepando a barriga. Tem cicatriz. A mãe disse bem feito, pensa que é macaco!

Acorda com os galos, no frio, fogão de lenha, a marmita do pai. Rádio ligado. O mundo é a provocação da brasa. Tio Bepe vem visitar. Sentam em volta da mesa. O tio conta estórias, milagres e perigos. Na cama, o sono não vem. Escuta ruídos. Assombração atrapalha viver.

Leite de cabra, avó na janela, domingo aquece. A vida é um jogo de rostos. O pai no truco. Tio Bepe masca a língua — é nojento. Quem vê cara não vê coração. Por dentro, um monte de tripas, viu no livro, por onde as lombrigas iam e vinham, a comida apodrecia. Por fora, a lesma. A mãe dizia, *é uma lesma*. No almoço mexia remexia a comida — arroz feijão, carne com chuchu. Balançava a cadeira pra trás... e pra frente... Cheia de mania.

Vender banana na rua. Dente podre. O dentista da escola com a mão gigante e macia. Nasceu a irmãzinha, roxa de morte. O caixão branco no meio da sala. A mãe no hospital. A vida acordava tristeza. Aprendeu a rezar no catecismo. As filhas de Maria, umas chatas. O pai perdeu o emprego. Chegou arrasado. A casa custou a indenização. Sem água e luz. Chão de cimento. Vida se pega no laço.

A jabuticabeira crescia. Subia nela. O pai vendia porco e frango. No Natal, a faca no coração do porco. O pescoço destroncado do frango. Festa e horror. O grito do porco insuportável. Corria para o portão, mãos nos ouvidos. O grito a alcançava. Mágoa.

Reza pai-nosso, ave-maria. O padre acaricia o rostinho — sagrado desejo. Meu pé de laranja-lima e a pulga nas pernas. O cinema, uma caixa escura, medo e curiosidade. Pisava leve. O herói machucava dentro. Estranhava sentir.

A lua gemia. Gato e vagalume no quintal. Chegou era madrugada. A mãe esperava, cinta na mão, ódio no coração. Bateu na porta, a chave girou. Entrou.

Três cintadas e labaredas nas faces. Chorou, chorava. Amava e odiava. Mãe e pai, mito e nostalgia. Pediu a Deus para morrer. A noite exultava. Não sabia doer na beleza.

Acordou meio-dia, camiseta, bermuda, chinelas. Não comeu. Passou a pinguela, o rio da infância, espuma de sapo na margem, pedregulhos e girinos, cheiro de merda. Correu, o pasto oprimia, deixou para trás, afundou na caminhada. Bem longe, o areal, subiu, deitou-se, esperou os corvos. Morrer de areia, sol e urubu. Olhos no azul. Se aparecesse um louco, tirava sua calcinha, arrebentava com ela — castigo de Deus, mãe não se deve negar.

Desceu do areal num súbito. Correu, passou o pasto, a pinguela. Deu com a carranca da mãe. Fechou-se no quarto, nó na garganta. No espelho, o rosto, transtorno. Fixou-se na imagem que, lenta, se transformou na imagem da mãe. Encostou a cara no espelho, queria entrar, arrancar-se, arrancar a mãe.

O amor, acabou-se no verão. No inverno seria diferente. Outra beleza. A seiva que brota da ferida aduba raízes. Baile da primavera, rosas e begônias no jardim. A cidade cintilava. A lua e o desejo de lobisomem. O futuro cedia. As cores da estação seduziam. Cecília dançava. O salão rosado e cerveja de graça. Seguiu o moço até o carro.

Línguas aflitas.

Amanhecia quando voltou para casa. A ladeira esburacada. Os velhos no sono profundo. Entrou pé ante pé. Caiu na cama.

Vazia.

A lavadeira

Tem um homem debaixo da mangueira. Apoiado no muro. Usa chapéu. Palha esgarçada. Cutuca o nariz. Tira sangue com catarro. Limpa na camisa.

Amanhece. A terra transpira tempo. O céu lateja cores. Do azul ao rosa. Rubros minam suavidades. Homem catador de lata. O capim-gordura se alastra no pasto.

Nice se apronta. Uniforme, marmita, meia de algodão, calça comprida. O olho grudado no homem. A solidão abre perigos àquela hora em que os galos ainda bocejam. De uns tempos para cá ouve galos cantar nas horas menos supostas.

Galos enganam gente.

Cheia de pavor. Nice, a lavadeira do Hotel das Águas. Pão com margarina, café preto. A neblina mistura-se às cores do nascente. O breu da madrugada esvaindo em velocidade incontrolável.

Deus é misterioso. Pega a sacola, sacode o medo, anda mais depressa que o pensamento. Para não dar tempo ao corpo de ouvir. A rodoviária fica do outro lado do rio. O rio que morre sob os olhos do catador de malvadezas.

Nice no vôo dos pés pequenos. Perto da mangueira suntuosa. O homem arregala os olhos. Os dela, baixos. Alheios e atraídos entre si. Medo e desejo coabitam. Mais uns passos e se vê longe. Ele se dilui no imediato passado. Com o cigarro espremido entre os lábios.

Chega ofegante na rodoviária. O lotação solta fumaça e ronca. Compra a passagem. Corre que está atrasada. A marmita cheira a omelete. Senta no fundo. Náusea vem. Engole seco.

Os fósforos

Olhos castanho-clarinhos... desconfiados no meio das folhas.

Espiava o mundo com aquele estrabismo curioso. Mas se escondia, sumindo de bicicleta por becos arborizados, caminhos de lobos, se alguém a chamasse: *Lívia, vem contar de onde você veio!*

O nome dela conservaram, entre outros mimos.

Veio do inferno, ouvia as tias do orfanato contar baixinho, para ela ouvir e pensar que não ouvia, *o pai é estuprador*. Palavrão, palavreado, profissão? De lá onde o fogo queimou a casa e de onde foi salva, desmaiada de pavor.

Aperta o brinco de pérola para doer a orelha. Vida que é vida, dói. Sorri para o pai. Ele tem olhos de gato como ela. E um sorriso enigmático que a possui. Reza antes de dormir. Aprende a cada dia o vocabulário da nova existência. Tem duas vidas, uma antes, outra depois.

O que fica no meio, entre as duas?

Toda manhã, antes que o movimento da casa acorde, ela se levanta, vai até à despensa, pega uma caixa de fósforos. Leva para o fundo do quintal. Sob a mangueira, acende palito por palito, até esvaziar a caixa. A cada um dedica um verso, um pensamento, sorriso ou escárnio. Cada um que se apaga é um pesadelo que se esvai.

O sol aparece instantâneo, doura os cabelos, acorda-a para a vida atual, benigna, de pai, mãe, irmão, Deus, escola, e tantas outras gostosuras de ser. Corre para dentro. O silêncio da casa é cúmplice de seus anseios, da furtiva passagem que escolheu para conservar seus mortos.

Ao sumiço das caixas de fósforos, Pedro conversa com as crianças, pede explicações. Lívia puxa-o pela mão e o leva até o esconderijo. Sob tábuas empilhadas, fileiras de caixas de fósforos se amontoam. Espantado, o pai abre algumas e vê os palitos queimados.

O que é isto, filha?

Fósforos queimados, pai! Olhar arredio, ela dá as costas e foge.

Vieram a chuva fina, a grossa, de pedra, os relâmpagos, trovões, avós, primos, tios, tias, a costureira, a empregada, os presentes de Natal, aniversário, ovos de Páscoa, primeira comunhão, a praia, o abraço infinito de um novo chão. Lívia apostou na Ressurreição.

Entre o antes e o agora, destrói os fósforos do azar. É o pedaço do inferno que lhe cabe. Não os quer perto de si, quer neutralizá-los para que não queimem outra vez sua felicidade.

A mãe

O menino chupa o dedo. Baba escorre pelo beiço, queixo. A mãe dorme sono perigoso. Pai e filho velam seu sono. Se ela acordar, aliviam-se.

Ela acendeu vela branca antes de adormecer. Escreveu a carta e colocou ao lado do travesseiro. Eles observam o envelope lacrado. A chama da vela cresce, entorpece. O menino passa o dedo. A chama não quebra, nem o dedo queima.

Ele se empolga, provoca o fogo, passa o dedo mais devagar, cada vez mais. E não se queima. O pai, pesaroso, esquece o menino e chama ela pelo apelido, *Nica, Nica*. Ela acordará, o médico garantiu. Mas só Deus sabe.

A casinha no meio da invernada, o rio a uma légua. Ela vai dia sim dia não lavar roupa. Leva bacia na cabeça, canta:

Lampião de gás, lampião de gás, quanta saudade você me traz.

O menino vai atrás, dedo na boca, cata pedra, quebra galho, saltita — palito de dente, pau de virar tripa.

O que é tripa, mãe?

Bobo, tripa sua barriga tá cheia. Igual porco, é a barrigada, onde fica a bosta.

O menino pára na trilha. O capim roça os cambitos, se coça, se arranha. As marcas das unhas são riscos brancos. Ele olha e se pergunta: *de onde vem a cor?*

Mãe, tripa fede?

Claro que fede, se furar fede. Anda, moleque, chega de conversa, matraca!

O riacho é límpido. Chegam cedo. Ela ensaboa, bate, cora, enxágua. Ele a rodeia. É um menino, sempre menino. Ainda hoje.

Pedro esquece a vela, observa o pai, tenta adivinhar o inominável.

Pai, acorda ela.

Não, não pode.

Por que não, pai?

Porque se ela assustar, morre.

Assustar por quê, pai?

Porque acordar de repente assusta.

Chega mais perto dela. A cama é estreita, de madeira. O pai que fez, a mão e a facão. Põe as mãos atrás das costas, ela ensinou, para não tocar em nada.

Lábios roxos, palidez, respiração inaudível, lembram fantasmas de histórias que ouviu no rádio.

Pai, ela morreu?

Não, fio, não fale asneira.

Mas pai, pai...

O pai se retira do quarto.

Pai, onde vai? Espera!

Pai não responde. Não espera. Pedro sente a mina explodir na menina dos olhos. Mina d'água, igual à do rio. Lambe as lágrimas e se pergunta: *quem dá o sabor?*

Na quina da parede tem um oratório. Nossa Senhora Aparecida com rosário entre os dedos, a única preta que a mãe gosta.

Salve Rainha, mãe de misericórdia, acorda minha mãe, santa, prometo nunca mais mostrar a língua.

Você vai ser castigado se mostrar a língua pra mim. É pecado mortal, dizia a mãe.

Não mostro a língua.

Mentir é pecado, moleque! Deus sabe se você mente ou não.

Como ele sabe?

Ele sabe tudo.

A madrugada cedia, a vela minava, a mina dos olhos secava. Encostou-se na guarda da cama, com cuidado, para não bulir nos braços roliços da mãe. Um sono pesado o levou para florestas e fantasmas — a mãe e o pai numa cabana, ele nos braços dos dois, experimentou felicidade.

O ranger da porta o assustou. O pai voltava com o latão de leite.

Que foi, moleque, viu fantasma?

Não, vi felicidade.

Que história, menino, não inventa!

A mãe respirava forte. Agora dormia sono natural. O pai escondeu a carta. Não contou a verdade. A família insinuava: *coisa do demônio.* Pedro ouvia, via. A invernada o acolhia. Urubus o rondavam. Enterrava-se na areia.

Sumia.

O menino

O vento geme nos ouvidos de Marlene. No caixão, o rosto miúdo de menino, ela acaricia. As gentes, de olhos baixos, inconformadas, se entregam aos hábitos.

Alto, magro, olhos azuis, pedreiro. Viu Marlene e se entregou. Ela já era mãe, já era usada. Mas serviu. Felicidade foi descruzar os braços e mergulhar na lida, até os ossos, por Marlene.

Não deixou aposentadoria. Nem casa própria. Só a menina, Soraia.

Sentiu dores agudas na barriga, espalhadas. Não conseguia discernir seus começos — afetavam até à alma, ele desmaiava. Aplicaram morfina. O quarto, de brancos distintos, emoldurava a dor, a dele, a dela.

Durou cinco dias. Marlene ao seu lado. Expirou de manhã, depois de um grito que a destroçou.

Não era menino de gritos. Conheci seus silêncios vizinhos. Olhares trocávamos, desejosos. Eu, menina, magrela, sem peito. Mas ele não exigia. Deu sorte porque Marlene era gostosa.

Invejaram Marlene. Casou no civil e na igreja — limpou a cara. A cidade em gozo. Foram morar na rua principal, casinha antiga, aluguel barato. Ela costurava para as fábricas — lençóis, fronhas, toalhas de mesa.

Ele chegava cansado, sujo. Um leve cheiro de cachaça. Quieto, tomava banho, jantava, viam novela juntos, depois, dormiam irmanados. Vez ou outra se consumiam, corpos necessários.

Solidão

Calos. Joanetes. Sacola de supermercado, umas quadras a pé, subida. A mãe na cadeira de rodas, olhar ausente. O vento bate no rosto. Calçadas estreitas. Se o pé incha, o sapato pega, faz bolha. Vai devagar, não tem solidão melhor que a de volta. A casa é gradeada, vasos na varanda, pequeno jardim.

Diálogos curtos. Mãe e filha. Sopa de macarrão com peito de frango. Relatos do dia, novela das oito. Dá banho na mãe, põe na cama, toma o seu. A cabeça não acompanha o ritmo do corpo, maquinal, lento, esmo. Volta para a TV, o telefone chama. Adormece no sofá. Sonha com peixe assado e palmito.

Levanta antes de clarear. Prepara o dia, a mãe, a sacola. Desce a ladeira. O ônibus cheira a óleo queimado. No começo passava mal. Não sente mais. Acomoda-se na poltrona dura. Dorme. O destino é Piracicaba, centro, condomínio de apartamentos. O motorista a conhece. Pára no ponto e a acorda. Desce atordoada. A cidade está pronta bem cedo, feira e correria.

Põe a roupa de batente. Limpa, lava e passa. Almoça arroz integral, salmão, aspargos, saladas. O dia acaba antes que acabe os serviços. Não se espanta. Acostumou-se com o interminável.

Enxuga o suor, muda de roupa, pega a bolsa. No ponto, um banco de cimento. Alívio.

O ônibus aparece. Dá sinal. Sobe o degrau, escorrega. O moço atrás a segura. Ela se desculpa. Ele sorri. O mundo é sorriso. Se contar quantos vê por dia, não dá conta. Esconde o seu, tem vergonha da dentadura. Perdeu os dentes mocinha. Apodrecia, arrancava.

Ônibus lotado, sovacos fedidos suspensos. Respira cheiro e cansaço. Solavancos. Dorme. Hora depois, o parque em frente à rodoviária, verde escurecendo, logo logo, um breu. Dá as costas, pega a ladeira, sobe, sobe.

Boca suja

Teresa desce e sobe a ladeira. Fala alto, cuspe espirra. Pés descalços. Calcanhar cascudo, rachado, cachorrada na barra da saia: *Passa, lazarento!*

Quem a vê e sente o cheiro fica com nojo. Mas disfarça, porque Teresa tem boca suja. Se desconfiar, xinga a mãe. Ninguém quer escândalo.

Dona Lurdes está no portão, curiosa mas discreta.

Tarde, dona Lurdes!

Boa-tarde, Teresa, calor, né?

Nem fale, cumadre. A senhora me dava um copo d'água?

Claro, água a gente não nega, vou buscá, peraí.

Dona Lurdes gosta de ver gente passar na rua, por isso o muro baixo e o portão aberto. Dizem que é perigoso, devia subir o muro... *Não adianta, se o bandido quiser, entra.*

Teresa tem orgulho de seus cachorros e cadelas: Jumbo, Aço, Fogo, Estrela, Paco e Fanta. Se eles enchem o saco ela dá coice. A cachorrada invade o quintal de dona Lurdes:

Passa, passa! Teresa, eles não mordem?

Morde nada, esquenta não, dona Lurdes, passa, lazarento!

Dá uma bordoada em um e espanta todos.

Eles se deitam na calçada do outro lado da rua. Ficam olhando a dona, concentrados, apaziguados. Ela bebe a caneca d'água num gole. Pinga suor, cabelos duros de óleo e pó.

Deus pague, cumadre!

Amém.

Sai devagar, saia rodada, gingado pesado. Dona Lurdes observa:

Uma puta, mas filha de Deus, coitada!

Teresa mora no beco que termina no rio Samambaia. Herdou da mãe a chácara com cômodos de barro e tijolo, outros de tábua. Galinhada solta. Tem uma filha e três filhos. A menina pula cerca. Teresa já deu uns cascudos, mas a bicha escapa. Não tem o que controle a sem-vergonha. *Logo logo fica barriguda e aí quem vai tratar?*

João, Lucas e Pedro. João é o mais velho e mais trabalhador, orgulho da mãe. Lucas é beberrão. Pedro nasceu retardado e cego por causa da sífilis. Vive trancado. É forte, balança os braços sem parar e rosna. Teresa, dia sim dia não, leva o rebento passear.

Dona Lurdes tem medo dele. Quando os vê, se esconde, tranca a porta, olha pelo buraco da janela. A cachorrada intui a esquiva da comadre e late desenfreada. Teresa se agita, aperta a mão do filho, diz palavrões, olha para trás, para os lados, desconfiada. Bate palmas no portão de dona Lurdes.

Ninguém atende. Teresa repete as palmas. Os cachorros latem mais. Teresa desiste: *Ah, seus estúpido!* Puxa o filho pela mão, tetas e ancas balançantes. Sobe em direção à praça. Chega na paineira antiga que sombreia cruzamento de três ruas. Senta, cata chumaços de algodão, esfrega no rosto.

Vera, a menina esquisita, observa a cena. Mudou-se para o sobrado não faz muito. É retraída e pensativa. Ficou assim de tanto brincar sozinha. Não tem irmãos. Não foi mimada nem maltratada. Cresceu olhando o mundo, pensando-se fora dele. Não conhece Teresa, mas aqueles pés cascudos parecem sair do chão e raspar-lhe as faces. Alisa-as para se certificar de que não estão contaminadas. Aliviada, sorri.

Teresa observa Pedro andar de um lado a outro, a rosnar desconexos. Semblante de carinho no rosto da puta. Poderia assim permanecer, mas sente o olhar da menina, olha para cima e a vê; grita: *Sua cadela, não ria de mim.*

A lésbica

Café com Arte. Uísque, chope, crepe, pastéis. Fumaça, papos, garçons, Teresa. As histórias se desfiam: sexo, paixão, solidão. Teresa de Belém. Poeta desde a virgindade até o último desbunde. Pega a carteira de fotos:
Esta é a minha namorada!
Regina, loira, nariz longo, óculos modernos. Três anos curtidos. Nenhuma gota mais de tesão. Mesmo que o amor cresça à medida da tristeza da separação. *Será melhor para ela!*
Palavras encarceram mais quando não podem clarear a dor.
Dez anos de poesia! Depois o silêncio das tardes. Manda dinheiro para a família. Provedora! Curte ser. Os cadernos estão guardados. Vai restaurá-los, quer se conhecer pelos escritos — a vida são desbastes de matagais para trilhar sonhos e pesadelos. Nos papos o submundo revela-se. A timidez ronda. O desejo está em crise. Submundo é desejo — carne e osso. Desleixo da alma.
Teresa nas férias. Dentro da família. Possuída e proprietária. Proletários. Se reparte em ritual a menina que o tempo nutriu. O elo se reconstitui. Teresa cabeça, matemática de vida.

Não ousa cansaços. A fortaleza estupra a menina das lagoas límpidas, dos cascalhos, das brutalidades maternais. Ri da sorte. Na velhice aluga alguém para companhia. Paga plano de saúde. Faz questão de ser infeliz — um tributo à hipocrisia.

Paixão pra mim dura no máximo três anos!

A lua extasiou-se. Alice se despediu. Café com Arte. Molho branco no crepe de presunto, palmito e ervilha. Pastéis de queijo, carne — *paga um come dois*. Carne moída nos dentes. Poemas no cardápio.

O homem da maleta executiva

Cabeça de vento na manhã explosiva. A gordura da barriga dobrada sob a escrivaninha. Leandro digita palavrões, senões para alguém sem endereço. Construir, reconstruir são propósitos que não saem da ponta do lápis. Rabiscos na folha grossa. Desde menino nenhum jeito para desenho. Acabou ali, onde as traças não chegam. O lugar é desinfetado, claro. A roupa impecável acentua porções excedentes de massa.

Revistas espalhadas ou meticulosamente organizadas conforme o estado de espírito. Uns dizem que é excêntrico, outros que é maluco. Oras, tantas bobagens! Através da janela de vidro transparente, após abrir a cortina cinza e deixar o sol invadir, espia o movimento central, corpos e corpos, no cenário paulista. Lá no apartamento, a esta hora, há um vazio com cheiro de mulher e filhos. Saem pela manhã, antes do rush. Sobre a mesa, farelos de pão, papel alumínio, cascas de maçã, copos com restos de leite, xícara de café e mais detalhes, muitos mais.

Falta tempo para amar, Leandro digita. Passa horas a cogitar filosofias de varejo — pegar o ser pelo gargalo, não deixar que sorrisos e palavras rebusquem a crueza da existência. Mas a cada tergiversação, uma nova questão. Do outro lado da tela, ela espera como ele, a decifração de seu mistério. Presa em imagens tropicais, perscruta paisagens. Enreda-se em truques verbais.

Eis a linguagem dos trópicos! Pensa o sisudo observador R. T.. Fecha o jornal, joga sobre a sapateira, dá descarga, veste as calças, lava as mãos, o rosto, dá rápida olhada no espelho. Hoje, particularmente, está corado, sereno. Pega a maleta de executivo, o celular, a chave do carro. Exala colônia de eucalipto, fabricada por empresa notória, exportadora.

O sol não me interessa, escreve Leandro em outra mensagem, para outra mulher. São muitas sedentas de sexo, afeto — sintomas da solidão. Ele não quer diagnósticos, apenas pincela retratos e manifesta desejos. A virtualidade é seu passatempo predileto, nela sacia suas fomes e sedes e não se compromete. Nunca. Ela, cada vez mais longe, devaneia. Já não sabe onde colocar as mãos e os pés. A não ser no teclado. Na estupidez de viver por cifras.

O homem da maleta executiva pára no estacionamento do shopping. Entra. Está manco devido a uma câimbra que deu de madrugada. Doeu demais. É um shopping térreo, extenso, em que o colorido grotesco prevalece. A esta hora o movimento é mínimo e a poluição visual se dilui no silêncio dos corredores. Ele se embrenha no interior do prédio. E de si. A fusão de corpos frios e quentes abranda sinais de tragédias iminentes.

A verdade

Rodrigo ouvia música no Gol CL prata do Oscar. Sabia que os inimigos viriam... Sonhava com Rafaela, os dois na moto, mil por hora, em todas as direções, milhares de beijos.

Um carro parou atrás do Gol. Três rapazes saltaram. Sandro perguntou assustado: *Ei, aonde vão?* Cinco da tarde, o sol indo atrás do céu, mais longe do que o tempo... o tempo das descobertas.

Rodrigo se viu com o 38 na testa. *Brinca não, gente, brinca não...* Um dos caras avisou: *ou paga ou morre!* Fez que não ouviu, encolheu-se, balbuciou, pediu tempo, mais um dia.

Foram mais ou menos cinco tiros. A notícia rolou na região, mas não chegou aos jornais... Pedro de Oliveira, Pedro Martins e Pedro Silva — PO, PM, PS — atiraram em Rodrigo e voltaram correndo para o carro, Sandro revelou, menino de miolo mole! Mas deu sorte, se safou, era menor...

Mas quem atirou? Perguntou o delegado.
Sei não, não vi, só escutei.
Qual Pedro tinha arma na cintura, moleque?
Sei não, não vi, não me contaram. Só peguei carona.

A sala, em vermelho e negro, iluminação sóbria, tinha de um lado o júri circunspeto. De outro, o defensor público e o estagiário de direito. À frente, no centro da mesa, o juiz. Ao lado esquerdo dele, o promotor, e ao lado direito, a funcionária.

Pedro Silva?

Sim, doutor!

O senhor é traficante?

Não, doutor!

Não? Consta dos autos que o senhor foi condenado!?

Não, doutor, só por porte.

Não é o que está escrito aqui, o senhor mente?

Não, senhor, eu só falo a verdade!

Ah, o senhor fala a verdade?

Sim, senhor, só a verdade.

Mas toda vez que senta aí conta uma história diferente, seu Pedro!

Mas é a verdade, doutor, é a verdade!

PS, o Cascalho, vestia macacão verde e amarelo. Mãos e pés algemados, escoltado por dois policiais. A fala, entrecortada por pausas bruscas, olhos grandes e claros brilhavam intensos.

Seu Pedro, conta como foi que Rodrigo morreu.

Foi assim, doutor. Fomos na casa dele receber uma dívida de uns negócios que ele tinha com o PO. Chegando lá, o PO estava tão nervoso que o PM tomou a frente da conversa, para evitar confusão. Mas o Rodrigo não respeitou e mandou o PM tomar naquele lugar. O PM ficou cabreiro, mas disse: REPETE SE FOR MACHO!

Dois tiros explodiram a barrigada do viciado. PO, PM, PS negaram. PO foi libertado por falta de provas.

Seu Pedro Silva, por que só agora o senhor acusa Pedro Martins?

Porque ele morreu. Se estivesse vivo... o senhor sabe, cagüete morre na cadeia.

Oras, interpelou o promotor, *depois que o PM morreu a história mudou.... bastou morrer, meus senhores! Conta outra, Cascalho!*

Cascalho chorou à espera do veredicto. A mãe o observava do auditório. Olharam-se algumas vezes, fugidios. Oito da noite a sentença foi proferida. Os policiais dispersaram a platéia:

Hora de fechar, senhores!

Pedro saiu de costas para o público, cabeça baixa, não se despediu.

O revolucionário

Argentina. Policiais. 1970. Arrombaram a porta. Sustos. Pedro lambia os beiços. Gema mole nos cantos da boca. Ouviu os gritos na sala. Estampidos seguidos. Enfiou-se na chaminé. Escalou.

Filhos-da-puta!

Apoiou-se nas telhas. O corpo pendurado dentro. Só a cabeça fora. A brisa fria acalmou o rosto transfigurado. Um silêncio marginal encobriu o bairro. Deslizou sobre o telhado, sempre deitado, cobra. O breu fechou o cenário. Apalpou-se da cabeça aos pés, estava vivo e invisível.

Rígido, respiração baixa, ouvidos alarmados. Olhos estatelados com medo de luar e estrelas. Um gato miou perto. Sentiu o sangue evaporar. Mas o miado sumiu. Pensou nos corpos no chão da sala. Alívio impaciente o preencheu.

Voltou para a chaminé. Desceu. Espiou a cozinha. Lâmpadas acesas, mudas. Encolhido na boca da chaminé ficou à espera de sinais. Uma voz falou em sua orelha: foge. Arremessou-se pela janela da cozinha e caiu na mesma escuridão.

Correu desgovernado até amanhecer. Na margem do lago, entre patos e gansos, adormeceu. Sol e vida no limiar, gente em branco e preto, dia inglórios, desde o colo. Acordou, despiu-se e se atirou na água. Nadava como peixe. Aprendera nos rios, nas lagoas gaúchas.

Chamaram a polícia. Foi levado para a prisão psiquiátrica. Diagnóstico: brasileiro, nu de pedra na praça central. Fugiu. Quebrou fronteiras. Aninhou-se com prostitutas. Porto Alegre, pai, avô, ereções hierárquicas a tragar destinos. Ia e vinha com bagulhos e pencas de notícias. Nos banheiros públicos, se lambuzava de prazeres.

Pegou xadrez e aids. O submundo emergia implacável, rompia poros, histórias. Repartia desgosto com os irmãos. Estava escrita a revolução. No seu corpo, única arma, única forma.

De volta, cuidados de mãe. Engordou. Esqueceu vermelhos e negros. Aceitou carinhos e críticas com a mesma comoção. A cidade se orgulhava de seus doentes vivos e ativos.

Domingo, duas casas iguais, vizinhas, duas festas de casamento. Entrou na história errada. O vinho forçava a imaginação. Escreveu um verso e leu para a noiva.

Então, você é o pai, safado? Gritou o noivo, agarrando-o. Tentou se explicar, em vão. Saiu correndo. Quantas chaminés são necessárias para uma vida atraiçoada?

Crimes contra o regime, a sociedade e a moral. Pedro negou, negava. Passou a avenida voando. As asas ainda sabiam o ritmo das fugas. O noivo o alcançou. Atracaram-se — velhos amores inexplorados. Um carro em alta velocidade os atropelou. O noivo não teve arranhão. Pedro perdeu uma perna. Na cadeira de rodas, é um homem bonito, ao lado da mãe, primeira e última amante.

Dezembro

Foi num dezembro pequeno. Ana acordou de madrugada, suava. Sangue escorrendo pelas pernas, enchendo vãos de móveis, buracos de piso, frestas de escuros.

A avó chegou com o balde e colheu a enxurrada.

Ana desejou se negar, mas a força do tempo a impediu. O sangue levou o balde, carregou as mãos da velha para outro lado da noite. Para onde a lua apontava. Mãos molhadas no vermelho de Ana.

No guarda-roupa, o vestido à espera. Na soleira da porta, o vampiro acanhado não entra — não pega bem um homem beber o sangue do fim. Ana pensa em passagens, tormentas antes do alvorecer. Vêm e vão homens em branco, sorrisos corticóides. Brancura que o sangue não pinta.

O branco não sangra.

Veio o lamaçal, arrastou escritas existenciais. Era outro dezembro, mais tenro, corpo em brotação, a mãe na vigília, num canto desventurado que varava o peito e semeava nostalgia.

Nostalgias de dezembro. Desde o primeiro dia, até o Ano-Novo, quando as bombas explodem felizes. Ana se morre.

O rosto na brisa se refresca e cora. Sob uma luz perfumada de verdes. É assim nas saudades.

A avó sempre na janela. Sabe idas e vindas da menina em minúcias. Mas não revela. Se fazem inocentes, duas flores, uma de carne, outra de tempo. Um sonho atravessa arredio os pensamentos mais intocáveis, cão andaluz — Ana da Andaluzia.

Dezembro pára. Às vezes, como se quisesse silenciar. O sangue invade a estação e não há palavra que vista o coração esvaziado. Restam ainda sussurros de insetos, arrulhos de animais.

Um corredor claro leva para outros desvãos do hospital. Ela vê o infinito se desdobrar nas bordas de paredes curtidas na cal. Velhos momentos oscilam na memória — dor de dezembro em Ana.

Tomou porres e picos, fumou, no calçadão que envolve a catedral em milagres e arrependimentos. Dos amigos de roda só sobrou ela, morreram todos da mesma doença.

Pensar que a vida é!

Dezembro é.

Um temor corrói o que resta de pensamento.

Pensar é risco.

Ana se quebra.

Tempo se acaba.

55

Valmir desceu do fusca com a arma apontada para baixo. Dedos rijos, veias nervosas. Chegou perto do rapaz, disse: *Quem é barbeiro?*

O posto de gasolina explodira em gargalhadas quando o guarda da Associação Comercial arrancou e passou por cima da borracha da bomba, provocando estrondo.

Ia completar três meses de experiência na nova função. Sonhava com a efetivação, depois de anos trabalhando de ajudante geral. Passara por testes, entrevistas, antes de vestir a farda e carregar a pistola.

Magro, alto, quieto, moreno, cabelos crespos, olhos miúdos, rosto longo e fino, quarenta anos. Não estudou. Paranaense do interior, sem chão e sem idéias, suava pelo arroz-feijão. Os filhos cresciam no barraco. Ia e vinha no fusca equipado com som, cassetete, faca, canivete...

Atirou à queima-roupa. O jovem tentou se defender, se explicar, mas a ira do ofendido o fulminou. O moço caiu no primeiro tiro. No chão, tomou mais dois.

Valmir entrou no fusca e saiu em alta velocidade. Pegou a estrada vicinal que leva para sítios e chácaras — o interior se ramifica em muitos interiores. Num deles, se acharia seguro.

De trabalhador passou a perigoso foragido. Rodou o Brasil por dezoito anos, Norte, Nordeste, Minas, até voltar para o tronco, ali onde as raízes não se acabam, mesmo se devastadas por pestes e idades.

Ouviu falar que o Supermercado Linha Azul estava pegando segurança aos montes. Salário bom, seguro-saúde, transporte, treinamento, uniforme, cesta básica. Fez ficha. Pediram identidade. Perdera. Deram uns dias para tirar outra.

Saiu de casa bem cedo. Entrou no Poupa Tempo onde a carteira sai na hora, pegou a senha, sentou. O povaréu se aglomerava em filas e bancos. Arrepiou-se de pensar que voltaria ao mundo, após apresentar-se à balconista, dar seu nome, a foto e, em seguida, pegar a identidade... O tempo passara, muito, não havia o que temer, mas tremia.

O painel apitou e mostrou o número 55. Levantou-se lívido. Sente-se, disse a moça, jovem pálida e corcunda. O senhor perdeu a identidade? Qual o seu nome, por favor? Ela digitou Valmir Aparecido Silva com rapidez que o deslumbrou: aqueles dedos magros pareciam ganchos da máquina. Ganchos mágicos que iriam devolver-lhe o nome e o rosto, com apenas alguns toques, sem desconfianças.

Respirou fundo, baixou os olhos, relaxou braços e pernas... já estava velho, 58, sentia-se prisioneiro... das andanças, dos medos, das fugas, dos pensamentos. Não percebeu a moça se levantar e ir ao fundo da repartição.

Surpreendeu-se com os dois policiais que o cercaram e o algemaram. Não protestou. Condenado pelo júri, retraiu-se na cadeira dos réus e chorou. Vestia camisa branca, rezara durante as quatro horas de julgamento, de olhos baixos e mãos suplicantes.

O andante

Saem os três à caça. A cidade treme. Frio excita. Ruas e praças desertas. Andam sem destino por lugares e trajetos habituais. Vez ou outra, topam com um bofe embriagado.

Pegam a saída da cidade rumo à estrada que leva a Itu. Carros transitam. A avidez com que engolem a estrada sugere destinos certos e seguros. Relâmpagos e trovões cortam planos. Vão para debaixo do viaduto. O céu cuspindo pedras.

O andante é jovem e bonito. Olha-os desconfiado. Vive por ali. Vai e vem. Não tem ninguém. Amigos de passagem, pela cidade, nas estradas, nas ruas. Barba longa, cheia, negra, dura. Cheira a escama de peixe curtida. Conta de si — do amor, do sanatório. É feliz. Não quer nada além de um prato de comida a cada dia, de um canto para dormir e da estrada para fugir.

Beto se encanta. Aproxima-se doce, acaricia o rosto do homem, enfia os dedos na barba suja. O andante se espanta, recua. *Por que nao?*, Beto pergunta magoado. O andante não responde. Abaixa os olhos, endurece antes de chorar.

Sons de chuva, cheiro de terra molhada. Escuridão cortada por luzes distantes das cidades vizinhas. Beto espera, caminha daqui e dali, brinca com os amigos. Retorna ao andante, agora dormente. Senta-se ao lado dele. Nenhuma reação. Os amigos saem na chuva que afina.

Me dá sua mão, Beto pede. Tristeza transbordante na voz. Não se entende. São momentos de intensa pena. De si. Do mundo. Chora baixo. O outro não pode perceber sua fraqueza. *Me dá sua mão,* repete sussurrando. Beto aperta-as. Beija-as. Corpos se colam em atração abismal.

A puta

Ludovico entrou no fusca. Beto passou o dedo no queixo do cara: *Oi, cara!*
Por que Ludovico? Nome de bicha! Riram.
Do riso amargura centelhas de estilete. Moço não respondeu. Nome de besta. A mãe copiou de um viajante que vendia sapato na porta de casa.
Será que ela amou o viajante?
Ludovico tinha ciúmes da mãe. Bonita e assanhada. Embotado, não prestava atenção nas aulas. Passou raspando em todas as séries. Aos quinze entrou na quitanda. Maçã, goiaba, tomate, limão, nariz, açafrão. Veio a chuva, carregou solidão. Viu-se trançado com a pretinha da Barra Funda, com a ninhada a caminho.
No barraco a vida rola ao deus-sem-dó. Mexe daqui, de lá. Pitanga de barriga crescente, faxina casa de madame. Vem com dinheiro e porção de comes. Uma doideira bate às vezes, ele sai divagar.
Deu de cara com as bichinhas na praça das Rosas. Lá é quieto, parece a tristeza da Pitanga quando domingo finda. Os três rindo sentaram ao lado dele e puxaram papo. Foi saindo de

manso, mas eles o seguraram pelo braço: *Fique, bem, só um papinho, querido!* Carinho e convite para o boteco.

Beto no volante. Atrás, Ludovico no meio de Lucas e Nestor. Risadas martelam os ouvidos. Rodam sem destino. Vão por estradas vicinais que guardam a cidade. Lucas e Nestor acariciam o pau dele. Treme de vergonha e vontade. Pitanga não gosta de brincar com o pau. Pensa nisso e se entrega, mesclado em prazer e desatenção. O carro cada vez mais rápido. A lua entrando e saindo da vista. Espelho d'água. Purpurina. A mão de Nestor fechando a passagem do esperma. Gozar ou não gozar, Beto grita.

Lucas enfia a mão na bunda dele, dedos penetram leves o cu, como nas fitas pornôs. Não suporta a sede e bebe o suco de Lucas. Os três matam fome e sede com dedos, bocas, paus e fantasias. Beto, sozinho na frente, geme. O carro encostado no barranco. Nuvens partem sob escuros novos.

Fim de festa. O fusca arranca. Ludovico acorda do pesadelo. Indignado, quer recompensa, pede dinheiro. Tem filho e esposa, pouco salário. Gostaram, paguem!

Os meninos encrespam:

Que coisa, bofe, não fazemos comércio!

Olha que eu cuspo a gilete, rosna Lucas: *Vê lá, não tô pra brinquedo!*

Ludovico ameaça dar porradas.

Três contra um, que ingênuo, bofe!

Beto pede calma: *Sangue não, moçada. Ludovico, não temos dinheiro, você fica no boteco da estrada e pronto!*

Param na frente do botequim. Ludovico salta raivoso. Beto acelera. Acenam para a peãozada que lota o bar, gritam: *Hei, o Ludovico, esse aí, é bicha! Trepou com a gente, chupou pau e pediu dinheiro. É uma puta!*

A transa

Beto tira a roupa no espelho. Pau duro, loucura de sábado. O moço o abraça por trás, forte. Mãos grandes e macias apertam sua barriga, púbis, coxas, virilhas... decididas.

Pau na mão, na boca, a pele em fogo. E o pranto. O riso. *O inferno é um lugar dentro de mim,* sussurra, olhando-se... Pasma: *Como é bonito!*

Mia se esfrega no calcanhar dele. Choraminga. A porra espirra na parede, no espelho, na cara da gata... *Pobre menina!* Limpa o rosto dela com pano de prato.

O amante é boa-pinta — moreno, forte, barrigudo, peludo — tudo que um homem pode desejar. Mas não se contenta, quer algo mais. *É ansiedade,* insistem a analista, os amigos, vizinhos, as irmãs — cinco, bonitas e hipócritas... *É...!*

Lua e vagalume entram pela janela — *podridão romântica*, pensa, rindo. Chama o moço para o colo. Instantes depois, amor concluído — o toma-lá-dá-cá sem fantasia — só o corpo onisciente.

Vá agora, ordena seco. O homem se veste insosso. Cães ladram noites intranqüilas. Sai mudo, brisa nos pêlos fartos — fetiche ou alucinação?

Beto se levanta lento... Coloca Ária Vedrai Carino... Soluça. Entra na ducha quente. As horas voam e a ópera não cessa... o acossa. *O amor escapa no gozo!*

A foto

A noiva entrou firme, olhar quase frio, redondo. O vestido arrastava um rabo imenso, maior que os sonhos que ela poderia sapecar no resto da vida, ao lado dele, mudos.

Deixei-a varar meus pensamentos, ocupar os espaços impossíveis daquele sábado decorado. A igreja pequena, aconchegante, pobre, se limitou ao descaso da tarde e evitou suspiros. Deus cruzava mentes e bocas — relâmpagos que o padre vomitava.

Convidados amontoados em bancos estreitos. Me remexi entre dois homens, mais morenos que o entardecer delineando-se nas janelas e portas. Resvalei em seus desejos que se abriram sorrisos.

No altar ela se entregou. O padre abençoou. Beijaram-se tímidos. Palmas coroaram a realização. Pétalas brancas e vermelhas voaram sobre as cabeças dos noivos — *pureza e sangue*, Pedro disse, sarcástico.

Discursos, rezas, promessas, e um milhão de felicidade. Nos detalhes. No sapato alugado, nos odores mesclados, na música engasgada, no apartamento mobiliado, no terno do pai, no decote da madrinha, nos cabelos presos com fios dourados.

O fotógrafo subia e descia dois degraus que separavam o altar e os noivos, ajustando-se entre corpos e movimentos, para não perder um só momento de efusão e história. Era um lascado que vivia de bicos...

Saí na ponta dos pés, pela porta lateral. O padre se retirava, magistral. A rua espionava acontecimentos. Anoitecia mais. Vi gente, bichos, insetos, lixo, carros, motos, carroça. Algumas lágrimas nasceram e se perderam no rosto massacrado do bairro operário.

Esperei a noiva ressurgir na porta principal. Dei-lhe um abraço planejado. O fotógrafo nos pegou em cheio. Ela ficou orgulhosa de nossa intimidade. Pobre menina, pensei. Por nada. Nada.

Vamos brincar, Alice?

*C*armina Burana me atordoa. Segundos escoam. Ecoam. Ânsia de vômito puxa o corpo para debaixo da mesa. Alice se encolhe e geme. Tão baixos, corpo e gemido, que ninguém se incomoda.

Espero o sol abrandar, abro a janela, respiro fundo o cheiro da insatisfação diária. A rua está cheia de gente, barracas, carros. Vamos acabar ali, eu e ela, em pouco tempo, após o jantar.

Alice me pede o livro da estante, entrego-lhe o volume aberto. No centro da página tem um furo onde ela enfia o dedo. Sento-me ao seu lado no sofá e espero. Tudo pode acontecer de repente: um furacão, um desabamento, raios, doenças fatais — ah, o inesperado. No entanto, nos mantemos fiéis aos costumes.

O dedo desaparece. Ela dá um grito. Revira os olhos, procura os meus, quer explicações. Agita a mão mutilada com força. O dedo sumiu. Não sobrou raiz.

Está tudo bem, querida! Assumo ar maternal que ela conhece. Somos tão parecidas! Alice relaxa, os ombros caem em abandono nostálgico. Apóia a mão no joelho e contempla a perda.

Estou caindo aos pedaços, murmura.

A chuva começa a desabar. Cubro o espelho. *Por que cobrir?* Ela me pergunta irritada.

Perigo de raio, respondo exausta.

Bobagem, ela replica. *Vamos dormir.*

Alice passará horas de olho no teto. Eu contarei os dias vividos, um a um, nos dedos das mãos e dos pés, até perder o sentido.

A morte é assim: diária! Ela me sorri.

De seus dentes emana palidez que me enerva. Cubro o rosto com lençol. Ouço-a respirar difícil. Visões de passado se desencadeiam, ofuscam a sensação de inutilidade que me reveste. Uma menina se desprende de mim e corre para ela:

Vamos brincar, Alice!

O leito é um lugar de descobertas.

Vênus

Braços cor-de-rosa apoiados no céu azul montanha se alongam pelas ondulações até chegar na absoluta nostalgia. Ternura bruta de anoitecer, noite, noite, meu canto — imanência da pele.

Milena se despe. As roupas carregam solidão nos avessos... Sou homem de dúvidas.

Dúvidas que se transformam em certezas nos intervalos entre o beijo e a monotonia. Milena talvez se agarre ao meu pescoço e soluce — besteiras de mulher que o tempo burila.

Em minha cama os seios de Antonieta adormecem. Seios de outono no branco de noivas. Cubro-os com rimas, mas Antonieta não acredita em poesia.

Milena se esboça à janela, quer ocupar vazios que não admito. A estrela Vênus cintila, me cego de brilhos cansados. Empurro-a, ela cai do décimo andar, não é trágico, não é!

O corpo no asfalto é Vênus triste. Antonieta me chama: *vem, amor, dormir!*

Recolho raízes esparsas no chão do quarto onde séculos passarão... Antes que cheguem é preciso prevenir-me — o futuro levo nas rédeas.

Antonieta me chama mais uma vez, sem abrir os olhos, sem se mexer. Antonieta que meu corpo esqueceu.

A caminho do Sul

1.

É preciso ter uma razão. A estrada que leva para o Sul é onde me persigo. Marlene comigo. Seu cheiro de festa enjoa. Leva na mala revista de mulher, homem pelado. Dá tesão. O rabo dela é o segredo da estabilidade.

Na saleta de espera os machos fedem — me importunam as lembranças. Saí de férias para esquecer que existo, mas os corpos não se desprendem da alma e levo comigo detalhes.

Dirijo até esgotamento. Marlene reclama e acaricia. Ela me domina, por isso, me vingo. Ela se diverte. Mordo sua bunda no escuro. O pau afunda, ela grita: tarado!

Cansado de mim. Dela. A estrada é Deus. O telefone perdeu contato. Estamos distantes de nós, acelero sem abusos. Deixei os velhos à sombra. Mas eles não dormem porque temem. Helena surge da margem, faz sinal. Desvio. Marlene se apavora, odeia as mulheres que me amam. Freio brusco. A esta hora, a caminho do Sul, só a imaginação.

2.

Pé-d'água, paro no acostamento, pisca-pisca ligado, aperto o coração nas mãos, Marlene me atura por solidão. Nunca vi duas solidões tão imediatas. A estrada me comove. Me sinto acuado. A chuva é lamento grosso. Enfio a mão entre suas coxas. Ela geme falso. Gosto de possuir mentiras.

A estrada me acalma. Helena me amou. Errou. Rimo frágil. Desconcerto de cordas. Mamãe me criou para a solidão, vale de sombras e esperas. De onde vim.

O suicida

No silêncio desta cidade, só eu, Cláudio Gomes, posso ouvir os miados de um gato vindo de noites inesperadas. Os outros dormem sujos de alma. Assim percebo o mundo — esta pequena cidade embutida na história.

Minha mãe me inventou para que eu a sustentasse quando ficasse velha e solitária. Mas ela sempre foi velha e solitária. E eu não tenho a menor condição de lhe dar felicidade.

Por isso, grito.

O sol hoje se pôs irado. Sábado. A missa na capela de Aparecida. O azul do céu e o azul das paredes. Falta essência nas construções da cidade incrustada no fel. Cheira incenso a alma. Rezo e canto os medos e a esperança de renascer em um jardim de girassóis. No final da missa, o furacão se desencadeia e cospe o que resta de mim.

Sou feito de restos.

Corro para a porta. Meus pêlos eriçam. Ninguém agüenta os berros. Peço perdão à mamãe. Jamais poderei saciá-la. Um homem, uma mulher e uma criança passam, me olham sem se preocuparem. Grito mais alto porque não quero ninguém impune. Eles dão as costas para a igreja e me esquecem.

Tenho trinta anos. Sou pintor de nostalgias e funcionário público municipal. Os quadros que pintei estão na despensa. Mamãe não se conforma com a perda de dinheiro e tempo. Se eu fosse um homem de bem já teria dado fim nesta desdita.

Mas não consigo.

Fiz o retrato de papai. Os olhos dele são iguais aos meus. Só os olhos, segundo mamãe. Além do temperamento, radical, suicida.

Sangue branco

Ana deu faxina, tomou banho e partiu. Encontrou no caminho dois anjos. A religião não lhe permitia crer em anjos. O único homem a contemplar e ser amado é Deus. Deus é Amor, lição de casa que ela segue à risca. Aos homens, apenas o perfume que Jesus exala, ou o veneno do demo.

Os anjos a interpelaram: mãe! Ela abriu a bolsa, pegou duas maçãs, ofereceu às crianças. A floresta arcava com o peso de fadas e bruxas. Sentaram os três num tronco de árvore. Lucas e Sara devoraram a fruta. O silêncio da tarde na floresta é provocativo.

O sangue ferveu ao lembrar-se do pastor, o homem que a orienta em seus anseios mais profundos. Viu seu corpo, sempre coberto por ternos escuros, sacudir o ermo que o encerra e adentrar a floresta, animal nu, descomunal, à caça de fêmeas.

Puxou as crianças pela mão e afundou na floresta por estreitos desconhecidos. Poucos metros à frente, a cidade surgiu frenética, o coração descompassou. Agarrou duro as crianças e correu para trás. Deu com o mar, águas podres ameaçavam engolir os seres espantados que corriam descontrolados pela cinzenta praia.

A noite caiu depressa, sufocou visões, Ana soltou os anjos. Vivaldi soava em casas de papel e porcelana, ecoava em barracos e igrejas. A música a redimia de instintos. Abriu os braços, o vento a carregou, sobrevoou a Palestina e Israel, eufórica e benfazeja.

Desejou não findar nunca o sonho.

Mas o dia amanheceu. Acordou ao lado dos filhos. Levou-os para a escola. Matutou a manhã inteira. Recebera um recado. Restava decifrá-lo. Pensou em procurar o pastor. Desistiu. Há algum tempo ele repetia as mesmas ladainhas.

Meio-dia. Pegou os filhos na escola. Levou-os para casa. Deu uma banana para cada um. Lembrou-se dos conselhos da irmã: procure um psicólogo. Oras, um psicólogo! Custa caro e não presta.

Entrou na oficina do marido. Objetos cortantes, pontiagudos reverberaram em seus nervos. Calafrio a dilacerou. Pegou a esmerilhadeira, foi ao quarto dos filhos, conectou a máquina à tomada. Voltou para a sala. Lucas e Sara na TV, desenho animado. Cascas de banana no chão.

Pegou o garoto pelo braço. Puxou-o para o quarto. Deitou-o na cama e o prendeu com o corpo. Ligou a esmerilhadeira, encostou em seu pescoço. Ele começou a chorar. Pressionou a máquina, o sangue jorrou. Sara correu ver. Gritou. Pegou-a com força, repetiu o ritual.

O sangue do demônio escorreu. Branco. "Deu um branco", ela confessou à polícia.

Umbigo

Terra sem começo nem fim oscilando em montes vermelhos. Eu lá pregando a palavra asa.

Asa de vento. De morcego. De avião. Tudo sempre foi e nunca sob os pés ralados e adocicados de infância. Perdia o olhar nas ondulações dos morros, short de linho — pedaço de tecido, sobra de pano.

Erguia e batia os braços pulando dos altos, flor de maracujá, de limão, desventura de parto cruel, me metamorfoseando em criança, raio de sol, borboleta. Corria, acelerava, me lançava ao ar, agitava as perninhas de passarinho, os bracinhos da luxúria. Eu lá ralando para entrar no céu que a terra vermelha exultava.

Lágrima aperta a garganta, se interrompe antes de liquidar-se. Doem-me as faces, a testa, desde ontem apelo à emoção que foge. Vivaldi — Adágio, me empresto sabores, atenuantes de morrer.

Eu lá pregando a palavra: asa. Asa de luz. De imaginação. Eu cá saindo de mim para voltar à menina que está morta e enterrada, naquele brilho intenso de tarde miraculosa.

A menina, em seu vôo, não tinha mãe, pai, irmãos, história. Respirava imagens e sensações. Os morros vermelhos mergulhados no horizonte multicor e o êxtase de possuir-se no ar, revolucionar Deus, transformando-se em vôo.

Não era mulher. Não era menina. Era bicho. Rude e frágil — cacto. Cobra. Aranha. Todas as espécies que da terra aflorassem, templos, musas, épocas, labirintos, perigos, canções. Um avião! Queria ser avião que desamparasse as imobilidades naturais, sobrevoando-as, orgulhoso, para além de cartilhas.

Pregando a palavra: asa. Depois de vômitos, diarréia e uma visita ao hospital — soro na veia e o pai, sentado na porta, remoendo frios e azulejos encardidos que se impunham num despotismo de arrepiar memórias.

Pai: seus olhos fundos me perturbam. Sua pele tem a cor das terras que despi. Os pêlos abundantes branqueiam braços escamados de anos e lutas. Braços! Agarro-os no desespero de recuperar afetos. A noite se abstrai, púlpito para finais grandiloqüentes.

Olhares cortantes me vigiam, são os seres que a cidade nutre. A cidade que fica antes dos montes onde me consagro ave. Cidade desfiando seus contornos, sem pressa, até atingir a maioridade e se envenenar nas rebarbas do progresso. Onde meu pai se observa, sentado em frente à TV, guardião de horas.

O horror levou anos para desvendar-se em matéria. Terrenos baldios. Terrenos infectados. Outras terras sem o despojamento da infância, desdenhando belezas, devorando corpos. Uma, duas, mais guerras, decorava-as para compreender o mundo e me libertar da ignorância. Desaprendi-as a cada ensinamento, antonímias de amar.

A fumaça do chá cheira a flores e frutas. Me enlevo com o envelope vazio ao lado da xícara. É o chá da madrugada, servido com desvelo pela menina das asas de vento. Agora ela usa óculos, dois super-olhos de acrílico suspensos por hastes de metal.

Abri os olhos e me vi despencar dos morros, do céu, em solavancos, entre esforços para me manter no ar e a certeza secreta de me saber vencida. Era o fim do sonho. Mas não o fim da imagem — sou superposições de imagens que se fundem em caos e desejos. E trago um nome, o único que sobra, real e imutável.

Caí na terra fofa. Olhei em volta, envergonhada. Meu isolamento era total. E o silêncio guardava a si mesmo, numa introversão de abismos. Quisera apanhá-lo com o olhar, com o tato, com o pensamento, mas não — era o infinito se desdobrando em muralhas. Olhei as perninhas peludas, pintadas de terra, assim como as mãos, as unhas, o short e a camiseta que não cobria o umbigo.

Umbigo — a palavra resvalava nascimentos e mortes. *Se machucar, morre! Se cutucar, fere e morre! É a porta da vida!* A mãe filosofava — filosofia difícil! Temia o umbigo e evitava conhecê-lo. Mal o lavava. A sujeira que se acumulava era perdoável. Como o são minhas intempéries.

Tempo dividido

Alvorecer avermelha no horizonte, longe. Não é alucinação. Nem aquarela. São os olhos escarlates da alma perplexos de existência. *Bom princípio de Ano-Novo*, a menina balbucia, estende a mão ao velho do portão. Ele finge não ver nem ouvir. Dá as costas, coça a cabeça, escondido atrás do tronco de um coqueiro, no fundo do jardim.

O primeiro Bom Princípio tem de ser macho. Se for menina, dá azar. É a lenda. A tradição. A menina sente raiva imensa. Sai andando à toa. Encontra grupos de moleques com os bolsos cheios de moedas e falas desencontradas, ávidos por mais...

Ela pára e observa. O horizonte declina. Perde a voluptuosidade. Um azul terreno se esboça. Os meninos chamam o velho: *Bom Princípio, homem!* Estridentes. Ela se imagina moleque — descobrirá um jeito de ser macho, sendo menina?

O velho caminha para o portão, orgulhoso. *Bom Princípio!* Dá moedas e doces. Os meninos saem correndo, comemoram o Ano-Novo, rodopiam nas ruas, atiram pedras, gritam, irritam cachorros e gentes. São meninos pobres. Das periferias. Entre os ricos é diferente. A brincadeira se limita aos familiares e as ofertas são graúdas.

Pobres e ricos — dois tempos.

Menina e menino — dois tempos. Ela pensa, fixando o horizonte cansado.

Cansado do olhar de meninas.

Dos gritos de meninos.

Do tempo dividido.

Schumann

Há fundo de verdade na mentira. Por isso, iniciamos o amor errado. Amor colorido. Moderno. Moderníssimo. Somos antiquados e modernos, não dialeticamente, mas estupidamente.

Pareço rancorosa — são apenas vulcões extintos de uma aventura pós-moderna, regada a sanduíche e coca-cola, cujas reminiscências se interpõem ao sono, crepitam — arquétipos de lavas ou masturbações mentais.

Caímos em redes tecidas com palavras. Não era magia. Não era profissão. Nem hobby. Apenas curiosidade. Ele desejava testar sua vitalidade. Eu queria sonhar. Trocamos as bolas. Testei minha vitalidade. Ele sonhou pequeno. O sonho pequeno é falso. Na hora da verdade, ele disse: senti tesão, nada mais.

Tesão é bobagem. Tesão é bastardo. O homem lava roupa suja na rua. A mulher esconde a roupa suja na alma onde ninguém entra, se ela for esperta. Não sou. Agora a barriga cresce, mais que o corpo. Em pouco tempo estarei tão deformada quanto a mulher que o esposa.

E seremos felizes. Espelhos da derrota. Do desprazer. Ela em seu batom. Eu em minha raiz grossa. Permutamos infelicidade — daninhezas de crianças. Mate a criança, se necessário, ele se e me martirizava. Ele é anticristo. Ateu. Intelectual não crê? Fiquei com essa dúvida. Irritando.

Preciso crer. Por isso, amei. No intervalo de duas notas: a mentira e a verdade. Por isso, morri. De amor matado. Entre dois sentimentos: desejo e dor. Por isso, passo a vida a explicar a cicatriz, ainda vulcão, ora extinta, ora reativa. O nome dele, excluo das agendas. Dos cadernos. Quanto mais excluo, mais machuca.

É a ferida abafada. É a noite tragando memórias. É a música me evoluindo: Schumann: "Os sons estão além das palavras."

Ditinho & Schumann

Ana se deita no chão, nas sombras de árvores, para ouvir o tempo.

Tempo são bulhas de passarinhos.

Era verde e musical o tempo...

A vizinha era preta com um monte de filhos.

Mais pobre que a pobreza que Ana herda.

Pobreza é música.

Ana se alivia por não ser tão pobre e poder musicar a miséria alheia.

Preta encardida, de coração grande.

A mãe perdoava alguns pretos, e os amava, com amor audível.

Amor é música.

O caçula da vizinha, Ditinho, era rechonchudo.

Olhos redondos esbugalhados de curiosidade.

Era uma vez Ditinho...

A ladeira de Santa Cruz, única.

Nenhuma ladeira do mundo poderia ser mais íngreme, mais dita.

Ditinho, na calçada oposta, via Ana pedalar cantarolando em língua Schumann.
Desejou a bicicleta mais que a si mesmo.
Ana percebeu o desejo do menino.
O orgulho a arrebatou.
Pedalou tão forte, tão longe que voou.
O menino enfezou: Papai Noel filho-da-puta, só dá presente pra rico.
A vizinhança pressentiu a heresia e preconcebeu castigos.
O vôo de Ana maltratou o desejo de Ditinho.
O desejo de Ditinho quebrou as asas de Ana:
Sonhos turbulentos, obra para piano, Schumann.
Era uma vez duas crianças — Ana e Ditinho, que o tempo...
O tempo aborreceu.
Ana queria ser cantora mas era desafinada.
Todos diziam, acreditou, se encolheu em mudez vexatória.
Ditinho queria ser atendente de banco, mas a cor proibia.

A menina arranha umas letras.
Arranhar é música.
Ditinho canta na missa.
Missa é música.
Schumann floresce tempo.

Vicinais

Vicejam noites na estrada abandonada. Buracos no asfalto e luas moribundas. Silêncio de inexistir. A estrada vicinal é adormecimento de tempo. Deserto a habita. Migalha de Deus.

Ventos assopram o rosto da mulher sentada em sarjetas amargas. Mulher de peitos caídos, nua até os ossos, filigrana do poeta, dissimulação de vazios, intacta, ao se perceber observada recua, afunda na mata, assombração.

Choro e canção se acometem, ouço fontes e bombardeios inacessíveis. Na pequena estrada velha, só picadas de abelhas e de cobras matam. Pedalo o medo e a resistência de atravessar mais uma noite, invicta.

Sono acumulado força pálpebras cansadas. Cheiro de eucalipto e damas-da-noite. Obscureço por segundos, sem diminuir o ritmo nem a convicção de que o ponto de chegada é acessível, apesar dos despistes e das contradições da noite.

Na primeira curva, a mulher reaparece, vestida em roxo. Encostada no barranco, expõe coxas mornas e raízes machucadas. Ensaio parar, mas necessidade de sobrevivência me recompõe.

Brisa gelada me toca as costas. Olhar para trás desencanta. À frente, o bosque, mergulhado em negritude, inspira-expira saudades. Bosques se embrenham em sentimentalismos equivocados.

Os bosques circundados pela vicinal não são originais. A terra arenosa da estância piorou depois do desmatamento para a construção da cidade. O prefeito, envolvido em causas e efeitos universais, apressou-se em preencher buracos e erosões com eucaliptos, de fácil e rápido cultivo. A zona meretrícia se instalou nas imediações do eucaliptal, no lado em que a cidade é, à noite, um breu, de dia, uma indiferença de sol que afasta reminiscências.

Escapo da mulher e deslizo aos solavancos, de mãos soltas, pela descida acentuada que leva à segunda curva. Os pontos chaves de minha viagem são as sete curvas, onde a mulher aparece e rebusca as obviedades das trilhas que invento para sobreviver.

Ela pousa sobre um arbusto carcomido por cupins. Os peitos recém-chupados descem ao chão, remontam a maternais desejos. O rosto excessivamente enrugado afronta meus instintos lineares. Desço da bicicleta, me benzo e me aproximo. Desaparece quando tento afagar os bicos de seus seios. Escondo as mãos atrás das costas, é vergonhoso desejar outra mulher, ainda mais um fantasma.

A terceira curva é suave, não alimenta ilusões.

A quarta murmura sons passionais, introduções para futuros conhecidos.

Na quinta ela retoma o ar angelical, me estende a mão, pede esmola. Se eu me aproximar me engole, sereia urbana, marginal. Atiro uma moeda sem interromper as pedaladas. Avanço fingindo ignorar sua existência mágica.

Omito a sexta curva para ter ao menos um segredo desta história que possa me servir nas horas de desalento. Segredos nos garantem existências solitárias. A bicicleta se entope de filosofia. Eu escrevo as inconsistências do sonhador. Inscrevo a lírica das flores silvestres no desastre ambiental.

A sétima curva está fechada pela polícia. Um menino, vendedor de salgadinho, foi morto a pauladas. O assassino é desconhecido. A mãe do moleque escandaliza o amanhecer.

Céu rosa e azul.

Oásis

*P*ois *palmos de infinito e chegaremos ao oásis.*
João se delata no espelho: *O deserto me consome!*
O espelho repete: *Dois palmos de infinito e chegaremos ao oásis.*
João se enerva: *Iniqüidades!*
O homem é propenso ao drama, ao espetáculo e à sordidez.
Não ouse me consumir com desvios de imagens, o que em mim se revela, Deus abençoa, reza o espelho.
Intrigas! Responde João, vidrado na própria imagem. Penteia a barba, finge altivez. Finge tão completamente... Fernando Pessoa apertado entre centenas de volumes. A cultura de João é apavorante, se parasse para pensar, dava um tiro na cabeça...
Quem está cochichando, João?, pergunta o espelho, apreensivo.
Todos os espelhos são apreensivos! Não há espelho, nem João. Só a canção e o ventilador.
Ouça, João, talvez seja a alma triste de uma menina assassinada. Ou o tédio da puta no inverno.
A voz confunde João.

Não vejo e não ouço nada além do que me interessa. Quando nasci, mamãe chamou um escultor e pediu: amolde o barro, faça-o homem, sem impurezas nem obscuridades. Faça-o branco como as areias do deserto, que iluminam, queimam, se mantêm ausentes e tórridas como se o movimento do mundo não as abalasse.

Dois palmos de infinito e chegaremos no oásis, repete o espelho, metódico.

Onde a água é mulher e o sol fecunda? Pergunta João, tentando criar um clima agradável.

João, já começa a desejar? Lembre-se, o caminho das pedras é irreversível, contente-se com o oásis em sentido estrito, reza o espelho.

Besteira, João, dois palmos de infinito, já pensou? A voz ironiza.

Ouço-a, desgraçada. Uma mulher! Quem mais iria se intrometer em meu recatado jardim? João franze a testa. Vê a idade marcando a pele, acaricia o rosto tenso, João, João. Apenas João e um caixão, um dia!

Dois palmos de infinito e o oásis nascerá de suas costelas solitárias, João... O espelho anuncia, profético. O espelho se confunde com a voz, ela o seduz: *Pressinto mutações.*

Estou com medo, será que o espelho adivinha pensamentos? João conversa consigo. João se desarmoniza com o cenário de sua felicidade indubitável.

O espelho não, eu sim, doce João. Mas anime-se, meu tempo é veloz, acaba antes de as areias se revoltarem, antes, muito antes de o espelho descobrir nosso segredo, diz a voz, encabulada.

Não tenho segredos com a senhora, ou senhorita, ou sei lá... João resmunga.

Ah, tem sim, João. O segredo dos segredos, pense João, pense até descobrir o que nos liga e o que nos desmorona, num ciclo interminável e fugaz... A voz enfraquece...

Um palmo de infinito e o oásis nascerá das suas palavras, João. O espelho se acha sábio.

Palavras?, João se indigna.

Palavras me torturam. Dá as costas ao espelho, joga-se na cama, excitado e angustiado. Lágrimas cavam trilhas em seu corpo rígido.

Oásis da alma, a voz assopra nos ouvidos de João.

O calvário

Maria, filha de Sebastiana, solteira, esquisita, matou o homem com um pedaço de ferro. Ele entrou pela frente, achou a desgraçada pelada no quarto. A porta da rua vivia destrancada. Sebastiana cansou de avisar:

Tranca que é perigoso mulher sozinha.

Maria pouco sabia de ser mulher. Não conhecia homem.

Sebastiana trabalhava de faxina. A filha bordava dia e noite, vício, obsessão, não se sabia — flores, borboletas, anões, casinhas, árvores, animais. As cores a entretinham, as formas a encantavam.

Tinha fama de louca — impulsiva e rancorosa, mas quieta, só reagia se provocada. Usava saias abaixo do joelho, camisas de manga até o cotovelo, os longos cabelos em coque, olhos contravertidos, parecia colecionar mistérios.

Vai embora, velho.

Ele se aproximou furioso:

Deixou a porta aberta porque queria, não se faça de santa. Vem cá, benzinho, passa a mãozinha no papai, anda...

Maria esticou um braço lentamente para dentro do armário. Um suspiro ecoou no quarto sombrio, a janela ainda fechada na manhã mal acordada... Arrumar o armário era passatempo de sábados, quando não tinha hora certa para nada. Antes de se levantar ficava planejando como iam ficar os badulaques, os sapatos, as roupas, gostava de variar o ambiente. Seu armário era uma alma, vulnerável e fugidio.

Ele encostou nela, corpo a corpo. A mão dela agarrada ao armário.

Solta do cabide, boneca.

Ela o olhou sabiamente, trazia no semblante certo desejo indiscreto, raiz de virgem desfiada em cabelos, uma das mãos não saía de dentro do armário, a outra soltava o coque, os cabelos caíam vaporosos. Balançava a cabeça de um lado a outro, afogueava o rosto dele com carícias de cabelos inocentes.

Gostosa, sussurrou baixo, não queria magoá-la, apertou-a contra si. No rosto dela, a vergonha mortal. Ele a soltou, deitou-se na cama, apaixonado: *Vem, mulher!*...

Saltou sobre ele com o pedaço de ferro, acertou a cabeça. Golpes, sangue, gritos, acusações, polícia, médicos, Maria no camburão, na cadeia, no hospital, no Franco da Rocha por doze anos — louca de pedra, matou pai de família.

Sebastiana a visitava uma vez por mês, levava frutas, doces, cigarros, revistas. A velha andava desesperada, parou de trabalhar e começou a mendigar. Os ajutórios serviam para a viagem. Quando o dinheiro não era suficiente, ia de carona. Maria pouco falava. Andavam pelo pátio, no meio dos doidos, unidas na aflição de vidas sufocadas.

Completados doze anos de sentença, o psiquiatra chamou a mãe:

Maria está curada!
Não havia dinheiro para passagens de ônibus, nem condições de sustentar a moça. Os parentes a consideravam uma ameaça, entraram na justiça e pediram adiamento da alta. Sebastiana se revoltou — uma velha miserável não tem escolha. Continuou a esmolar e a visitar a filha, ambas cada vez mais monótonas.

A hora de voltar, enfim, chegou. De tão esperada, assustava. Sebastiana irradiava felicidade. Maria ignorava alegrias. A vida retrocedia — tempo perdido não se conta. Pegaram o ônibus na beira da estrada, duas horas depois desciam na rodoviária da cidadezinha. Maria olhava o mundo com estranhamento e impaciência.

Na edícula, uma cama forrada com lençóis brancos confortou o corpo exausto. Maria se deitou e não mais se levantou. Sebastiana esmolava. A família não aparecia, era gente bem de vida que não queria se misturar. A mãe dava comida na boca. O calvário de Maria e Sebastiana acontecia longe do mundo, na vila Flora, lugar pobre e bandido.

Janaína

Vladimir parou o carro pra mulata escurinha, quase preta, muito jovem, corpinho lindo. Ela se oferecia na rua detrás do hotel — trinta reais incluído tudo.

Então vamos lá, como é seu nome, garota?
Janaína.
Bem, Janaína, estou com tesão.

Passou a mão na cara dela, na bunda arrebitada, puxou o coque e soltou a cabeleira. Ela parecia preta de novela com os cabelos assanhados e o rebolado travesso.

Tem que dar a volta na avenida para chegar no hotel.
Então sobe, Janaína, gostosinha.

Ela ensinou o caminho com os dedinhos de princesa do asfalto. A lua era um dengo no meio de nuvens agitadas. Estrelas pintavam o céu, ventava.

Vladimir sentiu frio na espinha de se meter com vagabundas, mas o gostinho da imprudência excitava, e o pau subiu feito rojão.

No hotel, espelunca azul, o sobe-e-desce escadas de moças e homens, elas, desenvoltas, eles, tímidos. Sobrado carcomido por cupins, cheirando mofo, desinfetante e perfumes vulgares.

Sentiu uma espécie de nojo com aconchego. O quarto, pequeno retângulo, a cama de casal coberta com colcha vermelha, penteadeira com vaso de flores plásticas, e a pia minúscula, usada para lavar as mãos e as partes, depois do ato.

Janaína fechou a porta, tirou a roupa, ele ficou olhando, indeciso. Ela tirou as roupas dele e perguntou:

Que jeito você quer?

Não sei... ah, vai de quatro....

Janaína colocou as mãos no chão, ofereceu a bunda, Vladimir sentiu o bicho morder, segurou nas ancas dela e o aproximou da vagina arreganhada. A moça não se mexeu, apenas pediu:

Enfie devagar senão arrebenta meus pontos, acabei de ter nenê.

O quê? Você está brincando, né?

Não, estou não, olha os peito..., apertou um seio, o leite espirrou.

O pau caiu prostrado. Vladimir não se lembra de sentimentos, simplesmente respondeu:

Deixa pra lá, Janaína, tome o dinheiro, estou com pressa mesmo.

Vestiu as roupas, não disse mais nada, desceu as escadas, entrou no carro, acelerou, pegou a estrada de volta.

O céu fechava completamente e a chuva começava a cair, pingos grossos e esparsos. Pretendia chegar em casa antes do temporal tomar conta dos nervos.

Agatha Christie

Rosa no espelho — cabelos caracóis, lua cheia, lago de águas dormentes... Rosa sem sobrenome, o do pai foi substituído pelo do marido, o do marido ela matou na noite em que vampiros ajudam mulheres a escrever o epílogo de suas tragédias... Se fosse descrever a rotina da musa, meus nervos, pouco resistentes, logo estrangulariam verbos e substantivos, a substância mesma...

Lia Agatha Christie na adolescência, revistas de fofocas de novelas, jornais sanguinários, pornografias. Os pais não compravam livros, jornais, revistas, mas ela os encontrava nas vizinhanças, na escola, nos lixos... Houve um tempo em que era possível encontrar montes de jornais, revistas e livros nas lixeiras ou sarjetas, em frente a casas de portões severos e invioláveis... Eu me mutilava pensando nos homens carrancudos que devoravam infinidades de letras, de mundos que as letras criavam — letras presunçosas!

Mostra a língua para si, caretas, obscenidades. No presídio, a solidão é outra... A colega de quarto entra... O espelho se contorce, aponta para a janela gradeada... Os segredos de Rosa são eternos... O fosso que a circunda é abismo disfarçado de jardins.

O vizinho, negro, aceitou a proposta, pegou adiantado trezentos reais. Conhecia-a do tempo do colégio, nunca se falaram, mas se observavam. Na pequena cidade, as gentes se acostumam umas às outras, ainda que não se conheçam além das superfícies.

A superfície... Rosa é pequena, aconchegante, sensual. O tempo não a traduz... porque ela desafia Deus e o Diabo, não com despeitos ou artifícios vulgares... Sou bode expiatório que ela espreita, não apreendo suas intenções. Talvez ela mesma não saiba os desígnios que a incorporam.

A mulher do negão tentou remendar o estrago. Bebê no colo, jovem, charmosa, sentiu na carne a insânia, garantiu que o companheiro era bondoso, mas o desemprego o perseguia... é o Diabo, Rosa é o diabo, suspirou no depoimento...

A criança argüia mais forte que as palavras... Não é romantismo, crianças nos desesperam com suas cegueiras vitais. Deviam processar Agatha Christie, ou seus herdeiros, o que não se pode é permitir que o veneno corra livre nas cabeças, drogas legitimadas pelo senso comum.

Rosa se aliena em orações, o morto aparece às suas costas, ela o vê pelo espelho (só pelo espelho ela experimenta a existência). Ele veste a camisa bordada do casamento, tem os cabelos arrumados e laqueados, os olhos cheios de rancor e censuras que a irritam e a assustam.

Prometeu pagar o resto quando recebesse o seguro. Colocou na mão do negro a pistola do marido... Matar é tão fugaz quanto casar, entregar o corpo e a alma (esta incógnita sufocante) a um estranho — porque ela o estranhava mais e mais à medida que o tempo passava.

O dinheiro daria para encher a casa com comida até o fim do ano. O negro matutou, doeu, temeu, mandou à merda, rezou — a vida não é tão simples, até os animais matam para sobreviver. Deus sabe!...

Detalhes, eu lapidaria cada pedregulho que ele pisou, que chutou no caminho de volta para casa, as folhas secas que usou para cobrir a arma... A velha foi varrer a calçada, esticou a vassoura um pouco além do costume e achou, horrorizada, o objeto. Chamou a polícia, estavam lá, as digitais, a numeração da arma, foi simples, simples.

Rosa fingia que fingia, uma voz a avisava de que o cerco se iniciava — o saco amniótico de Pedro ressurgia das entranhas de uma mãe desalentada e ganhava aparência de investigação, justiça, acusação.

Mas não se entregou, preparou o enterro, consolou os filhos, chorou nos braços de familiares e amigos...

Rosa é ficção, versão de fatos, o espelho me compromete.

A casa de Verônica

A casa, construída onde a ladeira suaviza para depois virar barroca e desembocar no rio, tem nostalgia nas paredes amareladas e encardidas. A cor original se perdeu com as chuvas, ventos, nas poeiras que enlameiam as tardes mais aprazíveis de Verônica, sentada na varanda, esperando os temporais e os sóis serem tragados pelo tempo.

Verônica tricota a alma com amargura e doçura entre dedos trêmulos. Cabelos desgrenhados presos numa tiara de lã suja assustam passarinhos. O jardim colorido e perfumado se estende pelas duas frentes da casa, suavizando a esquina entediada onde boiadas deixam estrumes e cansaços.

Ajardinou sua vida para não morrer de abandono. Quando se casou, aos doze anos, órfã, não entendia de homens. Entrou em sua nova casa, temerosa. Ele a colocou no colo e disse: querida, não tenha medo de mim, sou seu pai agora. Odiava o homem que a invadia de noite, mas sabia que não tinha para onde ir, era um estorvo na casa da irmã, a madrasta a ignorava. Entendeu que realidade era destino. O cheiro do gozo dele a enjoava.

Às vezes perdia o sono, ficava ouvindo pererecas pulando na janela, gatos cruzando no telhado, chuvas desabando igual tristezas, grilos zunindo impertinentes, correntes se arrastando no silêncio, vozes do além contando passagens insuportáveis, pedindo orações e partindo enigmáticas. Tempos que ela rememora sem saudades, com uma revolta acomodada, sentada na cadeira de balanço. Ele fez dois filhos nela, e durante muitos anos se orgulhou dos machinhos endemoniados.

Quando os meninos eram crianças, o pai ia bem na lavoura, comprou um sítio, trabalhava por conta própria, vendia a produção. Os meninos cresceram e foram para a cidade grande, queriam mudar de ramo. A cidade estragou os moleques. Casaram e descasaram, bebiam. Os netos correram para os braços dos avós e foram criados na mesma inocência dos velhos tempos, na casa em que Verônica, na varanda, tece os últimos anos de vida. Cresceram e também partiram. Os dois velhos ficaram solitários. A casa é uma concha. O desmazelo dentro contrasta com o jardim úmido, florido, e com os enfeites de tricô, delicados e brancos, dando lucidez ao desespero.

Verônica tem um riso mesclado de ironia e impaciência quando o velho se aproxima para sentar-se ao lado dela. Ele enxerga pouco, não usa óculos, não ouve bem, mas sabe que a mulher o despreza. Ela o culpa pelos danos que sofreram. Culpa-o em silêncio. Silêncio que não necessita tradução. O tempo ecoa em suas memórias, vivem para trás, resguardando o futuro para a morte. Infâncias não curtidas se alegram nas lembranças. Verônica tricota roupas de bonecas. Ele assobia canções esquecidas. Fantasmas de si mesmos.

As palavras

Burburinho de manhã na janela. JS rola na cama, corpanzil desorientado. As meninas saíram às pressas para não perderem o ônibus que passa de hora em hora. Sustentam a casa desde que se mudaram para Florianópolis.

JS se aposentou com tempo proporcional. Fecha os olhos para ouvir melhor os passarinhos. A solidão das manhãs é clara e benfazeja. Conforme o dia passa, a suavidade que norteia a alma se transforma em fastio, é quando sente vontade de evaporar. Nestas horas, olha para o corpo exagerado e lamenta. Menino burro, passou mal os anos escolares. Feio, não escolheu mulheres, elas o escolheram e o dispensaram. Kátia era pobre e bonita. Viu nele a possibilidade de uma vida estreita mas viável, investiu sorrisos e palavras. Cheia de si, encheu a boca de romantismos e rebeldias, traçou os primeiros contornos do que viria a ser um casamento sofrido, mas decente.

A cama range porque o peso é insuportável. Um vapor sai do corpo e se espalha pelo quarto umedecendo paredes e roupas. O cheiro de mofo dá pânico, sensação de afogamento, levanta os braços, desesperado, para libertar o peito das pressões do instante.

Alivia-se, relaxa, afunda no colchão, sente a espinha encostar nas ripas — a aspereza do mundo é tangível nos momentos mais fortuitos. Fecha os olhos, Franz Kafka na cabeceira, frio. Kátia, diferente das outras mulheres que conheceu, gosta de ler.

O gato de Sara entra disfarçando. Detesta gatos. Bate no bichano quando ele se aproxima. Teimoso, o idiota repete a cena todas as manhãs, entra no quarto, silencioso, encarando-o, vai para debaixo do armário, se enrola feito tapete, com a cara no meio das patas, não perde o dono de vista. JS se levanta irritado, numa rapidez anormal, pega o chinelo e atira, bate os pés no chão, xinga, persegue o bicho que foge confuso e assustado. Aproveita a ocasião para urinar e beliscar um gomo de lingüiça assada que apodrece na geladeira desde a semana retrasada. As meninas não comem comida amanhecida, preferem arroz com ovo todos os dias, da hora. Lingüiça e uma latinha de cerveja para amaciar o apetite. O médico proibiu álcool, mas cerveja é como água, não dá bode, nem alegria, só refresca.

Abre a janela, vento gelado de agosto e sol intensos o animam. Poderia preparar a terra para o jardim que Kátia sonha cultivar, limpar a casa que está imunda, cozinhar, lavar roupas. Kátia iria alucinar de alegria. Fecha a cortina e olha para a cama convidativa. Deita-se novamente, arrastado. Acomoda-se entre cobertores e travesseiros, pega os óculos e a Bíblia. Os passarinhos silenciaram. São intervalos apenas, pois eles não sossegam. O cuco na parede, luxo de Sara, a caçula, bate dez horas. Na fábrica, Kátia está na pausa do pingado com pão e manteiga, vida besta ela leva! Teresinha no supermercado, no caixa, trabalha demais, a menina, vai acabar se dando bem na vida. Sara passa o dia no colégio, de manhã, aulas normais, depois vai para o projeto piloto onde come, faz lições, pratica esportes, tem uma vida agradável, diferente da infância dele.

É um homem realizado. Fez bobagens na vida, perdeu dinheiro, casa, mas está vivo, elas também. Os parentes ricos os olham com desdém. Na família, quem não progride é vagabundo. Por isso, foi morar bem longe, ele e Kátia se cansaram dos olhares mesquinhos que censuravam seus atos, os menores gestos. Às vezes chora, outras sente uma raiva avassaladora, tem vontade de sair correndo e xingar o mundo. O médico deu calmantes, disse que é depressão, precisa de coragem e amor, de emagrecer e não pensar nas águas passadas. Sabe que não vai conseguir, gosta de comer, é seu único prazer.

Abre a Bíblia na mesma página de todos os dias: "Não ajuntem riquezas aqui na terra, onde a traça e a ferrugem corroem, e onde os ladrões assaltam e roubam. Ajuntem riquezas no céu, onde nem a traça nem a ferrugem corroem e onde os ladrões não assaltam nem roubam. De fato, onde está o seu tesouro, aí estará também o seu coração." Fecha os olhos, seu tesouro ainda não está pronto. Um dia, talvez vá compreender ou sentir o que as palavras sonham.

Fêmeas

Moisés estendeu a mão sobre o mar. O Senhor fê-lo recuar com um vento impetuoso vindo do Oriente, que soprou toda a noite. E pôs o mar a seco. As águas dividiram-se. Êxodo (14,21).

Chorei em seus ombros, mudava a cabeça de um lado para o outro, me agarrava ao seu pescoço, apertava meu peito no dela, nossos seios se amassavam, eu me sentia atravessar a passagem que Moisés abrira no mar, mas ao mesmo tempo sentia o mar revolto me negando viagens.

A sua mudez me incitava a prosseguir tateando-lhe o corpo — rocha de segredos e sarcasmos. Ela era força. Eu era fraca, nervosa, irrequieta, agressiva. *Vilma é um túmulo*, as amigas diziam, admiradas. Desconfiavam de estranhezas; eu não, apenas me sentia atraída por sua coragem.

Observava-a andar pelas ruas que levavam ao colégio, meia hora de caminhada, eu a seguia, distante alguns metros, seu rebolado reto, ancas pouco torneadas, cabelos volumosos, ressecados, soltos sem graça nem despeito, rudes. Se me percebia não demonstrava. Na maioria das vezes ia só. Acontecia de encontrar grupos de colegas que se juntavam a ela, respeitosos e receosos de seu jeito discreto. Veneravam sua altivez que insinuava uma superioridade incompreensível.

Ela desejava ser cantora, mas sabia que era sonho impossível. Não tinha pai, a mãe trabalhava de balconista, moravam numa casa velha, herdada, cujo cheiro interior me dava espirros e náuseas. Os quartos eram atolados de objetos e roupas — bagunça e sujeira que a envergonhavam, mas que, orgulhosa, nunca admitira até o dia da revelação em que Moisés...

Estávamos sentadas no sofá da sala. Flores, quadros, teias de aranha, poeira compunham o cenário de nossos futuros pecados. Baratas e ratos eram vistos escapulindo por debaixo de móveis e buracos nas paredes. Eu começava a me tornar íntima daquele lugar desprezível. Sentia certo orgulho por chegar tão perto dela. Sua voz potente a tornara popular, cantava nas festas da escola, seu repertório era ultrajante: Elis Regina, Ney Matogrosso, João Bosco, Marina, Mercedes Sosa, Milton Nascimento...

Colei minha mão à dela, suavemente, adentrei a mãozinha por entre seus dedos grandes e macios. Percebi sua respiração se alterar, ficou vermelha, tentou se afastar, perguntei:

Por que não?

Eu nada sabia do amor, muito menos do calor entre fêmeas.

A vaca e o pai

Milena trepa nas ripas que cercam o curral. O pai espreme as tetas da vaca, a menina goza o cheiro do leite e a cadência de corpos no pasto, onde almas de animais, gentes e florestas compõem silêncios primitivos.

Pai, nome tão pequeno para sentimento exagerado. Braços magros, ossudos, pele vermelha de sol, pêlos dourados, veias saltadas. Vontade de encostar o rostinho e deslizar numa infinita carícia pelos ângulos que se abrem e se fecham conforme os movimentos.

O pai é corpo. Alma, se tem, está trancafiada, pois não há tempo para libertar um milésimo de imaginação. Trabalha de sol a sol, ganha menos do que necessário para ser homem. Mas não pensa; por isso, suporta. Se libertasse a alma... o rio que corre antes de chegar ao curral engoliria a força bruta.

A vaca se mantém imóvel, em cumplicidade com seu explorador, olhos densos de tolerância. Milena aprende com ela a vastidão de pastos e sóis melancólicos — viver é transbordar belezas. Espuma branca enche o latão, a língua de Milena se inquieta — sofreguidão de banhar-se nas brancuras divinas. O pai é tradutor de línguas secretas, no seu mergulhar monótono em tarefas e horas.

A vaca e o pai, a menina burla a cena: pai, se a vaca atacar? O pai despreza a incerteza — é corajoso. Orgulho enche a cabeça infantil que se desloca de uma posição a outra, tentando ver mais de perto, de cada vez mais perto o leite e seus domínios.

Três latões de leite cheios, o homem desamarra a corda que prende a vaca à cerca, solta o bezerro que vem aflito, fuça a barriga da fêmea, agarra um peito e mama. Vontade de meter a mão na maciez que peito e boca descrevem no alvorecer.

O pai pega os latões, sai apressado, sem palavra. Milena salta das ripas, segue-o, pula, olha o céu amarelado de sustos, avermelhado de vergonhas, azul de eternidades, estica os braços longamente para o alto, para onde pássaros segredam vôos.

Engarrafamento

Estrada de Santa Maria da Serra, chove, escurece, frio, estamos no meio de uma fila de carros que esperam... Pisca-piscas ligados. Conversamos: ela tem medo que o escuro chegue mais cedo, que nos atrasemos, que algum desavisado nos atropele.

Eu não desejava este passeio, mas apenas agradá-la. Ela queria fugir da rotina, aceitou rapidamente o convite, mesmo sabendo do meu cansaço, do meu tempo escasso, e agora sente-se culpada, cogita retornar.

Represento o papel de mulher firme, digo que não se apavore, que estamos bem e que devemos nos divertir. Faço retratos de mim, devaneio: *A curiosidade me levou ao poço. O balde de alumínio reflete afogamentos. Fico pasma, imóvel. A corda grossa muda. Chego perto... mais perto... quanto mais, mais medo, mais curiosidade. A escuridão se desenha a poucos metros de meus olhos. Preciso correr, escapar à tendência natural do corpo tombar.*

Ela não pára de falar, olhando para dentro de si, onde se agitam pesadelos e desejos. A viagem está apenas no começo, e já nos assombra. A camioneta detonou o carro, o motorista ficou preso nas ferragens. A polícia chega. Luzes, sirenes, é uma festa de morte. O corpo estirado no acostamento, coberto com lençol branco. Ela pensa no filho caçula, em todas as mortes possíveis que a torturam, que nenhuma alegria pode ser maior do que o perigo de existir.

O poço vai se apagando lentamente do pensamento, enquanto retorno ao estado de indiferença e objetividade. A estrada é liberada parcialmente. Acelero. Ela se convence das vantagens do passeio e me diz, em tom de eternidade: *O sol não morre.*

Recriação

A moça está sentada à mesa de um bar, na periferia da cidade. Curiosa, pegou um circular e desceu no ponto final do bairro Aeroporto. Usa sobretudo preto, de lã sintética, gola abundante que cobre frios e disfarça impressões. Seus olhos — dardos febris — me atingem, cutucam o ambiente.

Mascarados observam a flor obscena que, em vez de estimular sensações agradáveis, aprofunda a corrosão que o silêncio, encoberto com palavras inúteis, gera nas fisionomias mais aprazíveis. O balconista serve caipirinha e lingüiça sem perguntar dos desejos dela. Não é preciso desejo nesta estância, basta coragem para encarar os rudes, os vadios, os descampados.

Ela vem do absoluto, e, sentada sem pose, mas graciosa, observa os movimentos, as fantasias contidas no desespero do beberrão, na ironia do macho que alisa seu cabelo, dono de situações, senhor de força e ignorância. Não toca nos petiscos e na bebida, usufrui o instante na inocência dos incontidos, lábios vermelhos de musa.

Um quadro, de autor anônimo, enfeita a única parede do bar — cores ardentes e formas indefinidas sugerem noites podres. A guitarra alemã vibra surreal, perfura a carne, a moça se dá, o tempo a perscruta.

A nudez se interpõe entre a secura ambiental e a beleza magérrima. O som da guitarra aumenta até explosões de liberdades imprevistas. A moça risca plangências no corpo, dispõe traços e fugas num jogo de sonho e pesar.

Prostitutas se desenham na madrugada, abrem bocas e pernas com igual desilusão — a morte dos sentidos é corriqueira, mas os vestidos bordados com lantejoulas mantêm o clima de euforia. Lívia se reconhece entre deusas do submundo, sem riscos nem vergonhas, aprende segredos e canções, verbos inconjugáveis no alvorecer que a deslumbra e a ignora.

Alvorecer alaranjado que a infância ensinou cabe na parede solitária do bar, onde traçados ancestrais se interpõem a poeiras contemporâneas — é uma maçaroca de conceitos e lábias, desconcertos de vida que apanha no ar e joga aos vira-latas, gesto reto e decisivo —; cães comem tempos e carnes sem diferenciar sabores ou oferecer pretextos. Lívia é cadela vadia na noite minguante, flor de brejo, miudeza de mulher em véspera de adeus. Os cabelos emolduram infinitas metáforas que a dor enseja.

O pintor anônimo se redime de incolores expressões, apresenta-se no palco em que a moça ora se põe protagonista, ora autora das tramas que a ninguém cabe duvidar. Pinta flores, detém-se em bromélias, cactos, é homem de belezas espinhosas.

O retrato cresce vertiginoso, possuído por forças sobrenaturais; Lívia se esboça no jardim de emoções imprevisíveis, tem mãos atadas e sorriso fechado; ela conhece a ingenuidade e a malícia do pintor, não se importa que a faça triste, o olhar dele não a descreve nem a alivia.

Um olho de menina, outro de anciã, percorrem estrelas moribundas — no Jardim Aeroporto, as estrelas incandescem misérias e palavras, radicais como o amor que fere camas e gozos; procuram a vez de pousarem no céu preto, passageiro. O pintor adormece sobre telas. Cinzas de fogueiras juninas escurecem cortinas.

Estrelas se apagam luxuriosas, vingativas. Solidões habitam estrelas e moças. A guitarra corta almas, os homens não se vêem nos espelhos da escuridão. Meninos invadem o bar, retalham coisas e vidas. Lívia dá de ombros ao cenário e às perguntas. Teima em refletir o indelével. Desenha escombros e meninos no silêncio frio que emerge. A guitarra anseia beijos e danças, hora exata para reencontros. O balconista espreita adeuses impossíveis. O tempo recua, a moça me convida ao sonho que a recria.

Coração marginal

*P*ágina em branco e a latência do indizível...
Vento gelado cortando rostos e avenidas. Subimos as escadas do Centro de Ciências, Letras e Artes de Campinas, à rua Bernardino de Campos, esquina com a avenida Francisco Glicério, encolhidos de frio, ansiosos.

Na sala contígua ao auditório, telas pós-modernas intimidavam. Olhei para o chão. Você apertou minha mão, me olhou nos olhos. Olhos enormes de homem frágil. Líamo-nos fartamente sem escritos.

O auditório se abriu mágico. Nos achamos sentados na primeira fileira. O aconchego da sala, o cheiro de lustra-móveis, a sobriedade da platéia me inibiam e me forçavam a pertencer a um mundo limpo, organizado e sensível.

Me orgulhei de tocar o sublime, mas o frio na barriga denunciava mentiras existenciais. Os músicos ocuparam o palco com seus instrumentos divinizados. Pudera entristecer... Mas não, me abri pétala à revelia de indiferenças.

Entre uma peça e outra, palmas fortes, insistentes, que me ardiam as mãos, mas me incluíam no movimento dos seres especiais a quem a música se entregava. Os músicos, violonistas asturianos, discretos, sorriam — a platéia era o Brasil. Não tinham idéia de nossas feridas. Apenas músicos, acordando o inverno ameno de uma noite de domingo, no centro da cidade, onde meus ecos habitam.

À medida que encontro palavras perco a noção de meus limites. Sou estrangeira em mim — me invado. Me olhas perplexo. Deixo cair as pálpebras — figura romântica me assedia. Página em branco que já não é. Porque não sei calar. Porque o vento me alucina, o desdém dos cabelos me amola...

A platéia se despedia alvoroçada, orgulhosa — Espanha, primeiro mundo no nosso coração marginal.

A cidade

Os quartos estão vazios. As salas. Os móveis. Baratas rondam. Venta forte. Cecília me vê do alto da torre da igreja. Ela sonhou muito com o futuro, mas morreu estrangulada antes dos vinte.

A cidade não cessa de acontecer.

Cecília usa vestido branco. Balança os pesados sinos da igreja, aflita. O sacristão sobe as escadas empoeiradas ao encalço dela — nunca conseguiu pegar uma menina, mas desta vez está confiante. O blem-blem dos sinos entorpece os mais afoitos cidadãos.

Jandira me perguntava todos os dias, à mesma hora, no café da manhã, sentados na mesa: *Por que não se casa?* Fui casado infinitas vezes, e nenhuma deu certo. Casar não é privilégio de namorados. Estou casado com Jandira desde a concepção — a morte dela nos uniu ainda mais.

Pula, Cecília, pula!

Ela me ouve e se espatifa no pátio. O sacristão se ajoelha diante dos sinos. Reza, implora perdão. A seca na garganta intensifica, escapa ao cerco e se espalha. Um gemido cruza os ares e se finca entre o corpo de Cecília e a multidão.

Impresso no Brasil pelo
Sistema Cameron da Divisão Gráfica da
DISTRIBUIDORA RECORD DE SERVIÇOS DE IMPRENSA S.A.
Rua Argentina 171 – Rio de Janeiro, RJ – 20921-380 – Tel.: 2585-2000